별들아, 안녕

별들아, 안녕

초판 1쇄 인쇄 2024년 4월 20일
초판 1쇄 발행 2024년 4월 25일

지은이 한순자
펴낸이 인창수
펴낸곳 태인문화사
디자인 플러스
신고번호 제2021-000142호
주소 경기도 파주시 탄현면 참매미길 234-14, 1403호
전화 031-943-5736
팩스 031-944-5736
이메일 taeinbooks@naver.com

ⓒ한순자, 2024

ISBN 979-11-93709-01-6   03810

책값은 뒤표지에 있습니다.

한순자 에세이

별들아, 안녕

70대 할머니와 반려견 삼순이네 가족의 시간여행

태인문화사

책머리에

내가 경기도 여주군 가남면에서 우리 엄마 아버지의 딸로 태어났음은 이미 나의 운명이었다. 한국에서 태어나 자라며 결혼을 하고 16년 사는 동안에는 내 운명이나 팔자에 대해 심각하게 생각해 보지 않았다. 내 운명, 나의 삶은 내가 가고 싶고 살아보고 싶은 방향으로 만족하지는 않아도 그렇게 살아진다 싶었다.

그러나 이민지에서의 삶은 도무지 갈피를 잡을 수가 없었다. 내가 살고자 했던 첫 번째 바람도 못 하겠네 싶어 접었다. 그건 다름 아닌 어머님이 성당을 다니시기에 나도 성당을 다니면서 레지오 활동을 하고 싶었다. 그런데 늘 일을 해야 하니 쉽지 않았다. 우선 체력적으로 달려 일요일만은 그냥 쉬고 싶었다. 더욱이 봉사활동을 한다는 것이 시간적으로 할애를 해야 하기에 그것도 할 수 없었다. 이래저래 모든 게 마음뿐 할 수가 없었다.

그런저런 것은 접어둔다 해도, 이민을 와서 처음엔 딸들이 정서적으로 안정이 되어야겠다 싶어 강아지를 1마리 키우기 시작했다. 깊게 생각지도 못하고 키우기 시작한 '견공'들과의 삶이 어느덧 30년이 넘는다.

처음에는 딸들을 위해서 키우기 시작했건만 개 식구가 많아졌음에도 그들의 뒤치다꺼리는 온전히 내 몫이었다. 이것이야말로 내 운명, 팔자인가 가끔은 생각에 젖는다.

이민 오기 전 밖에서 키우던 '세리'라는 개가 있었다. 그런데 개가 새끼를 가진 것도 몰랐는데 연탄보일러실에 들어가서 나오지를 않는 것이었다. 그래서 주의 깊게 살펴보고 어디가 아픈 모양이라며 동물병원을 데리고 갔다. 그제야 '세리'가 새끼를 가졌음을 알았다. 새끼가 7마리나 되다 보니 자연분만을 하지 못하고 결국엔 개복수술을 했다. 개가 너무 탈진한 상태여서 그날 밤을 넘겨봐야 알 것 같다고 했다. '세리'는 새끼들 젖한 모금도 먹여 보지도 못 하고 다음 날 죽고 말았다. 그때 내나이 마흔 전이어서 강아지 새끼가 귀엽다는 생각보다는 '꼭쥐새끼처럼 생겼네!' 하며 징그러워 만지지도 못했다. 주사기로 우유를 먹여 보긴 했지만, 새끼 7마리를 1마리도 살려내지 못했다.

그런데 공교롭게도 내가 캐나다에 와서 개 7마리를 건사해야 했다. 그때 살려내지 못한 나의 업보인가 싶기도 하고, 모르고 짓는 죄도 벌을 받는다더니 이를 두고 하는 말인가 싶은 생각이 든다. 이젠 개 7마리 모두 무지개다리를 건너갔다. 그동안 개들을 건사하며 너무 지친다 싶을 때마다, 1마리도 살려내지 못한 7마리 새끼들이 우선 떠오르니 '이 새끼들을 내가 아무리 힘이 들어도 내칠 수 없지 않나.' 싶은 생각이 들었다.

개들과 살아가는 얘기를 눈에 보일 때마다 써놓고 다시 읽어보았다. 그들과 함께한 시간을 되돌릴 수 있네 싶다. 이미 죽은 삼순이, 벼락이, 럭키, 이쁜이, 금동이, 짱아, 금비와 함께했던 지나간 시간이 가슴이 시리도록 보고 싶기도 하고, 애잔한 그리움에 젖기도 하여 그들과의 추억을 간직하고 싶어 책으로 묶어본다. 읽는 이들의 이해를 돕고자 삼순이네 가족을 소개한다.

지금은 강아지 식구 모두 보내고 큰딸이 골든 리트리버 1마리 입양해서 키우고 있다.

럭키

새끼들의 아비
2019년 죽음

삼순이

새끼들의 어미(17~18년 가까이 산 것 같다)
2017년 죽음

이쁜이

삼순이 첫 번째 새끼 중 첫째
2021년 죽음

금동이

삼순이 첫 번째 새끼 중 1마리
2022년 죽음

짱아

삼순이 첫 번째 새끼 중 1마리
2022년 죽음

벼락

2017년 죽음

금비

삼순이 두 번째 새끼 중 막내
2022년 죽음

차례

2부. 세월 앞에 장사壯士 없네

3부. 벼락아, 잘 가

4부. 딸네 집 강아지들은 애완견이요, 우리 집 강아지들은 그냥 강아지네

5부. 세상 못된 사람들 개만도 못하네요

1부

삼순아, 그동안 고마웠어. 그리고 미안해

삼순이 진통 시간이
길어졌어요

삼순이가 럭키와 또다시 짝짓기한 시점을 기준으로 날짜를 계산해 보았다. 예정일이 6월 셋째 주쯤 될 것 같았다. 드디어 6월 셋째 주가 되었다. 삼순이가 언제 새끼를 낳을지 모르니 큰딸과 상의해 집을 비우지 않도록 맞추었다. 아마 그 주 금요일이나 토요일에 새끼를 낳지 않을까 싶었다. 그러던 목요일 날 저녁이 되자 삼순이의 진통이 슬슬 시작되었다. 밤새 내 옆에 누워 핵핵거리고 있어 잠을 제대로 잘 수가 없었다.

지난번 새끼를 낳을 때는 잠결에 '쌕쌕!'거리는 소리를 들었다. 새끼도 금방 낳았다. 그런데 이번엔 쌕쌕대는 소리가 아니라 헉헉대고 있으니 잠을 도저히 잘 수가 없었다. 날이 새도록 그런 상태였다. 아침이면 새끼를 낳겠지 했는데 아침 8시가 되고, 9시가 되어도 핵핵거리며 가쁜 숨만 쉬고 있었다.

삼순이도 불안한지 새끼를 낳을 수 있도록 마련해 준 자리에 가서 박박 긁었다. 그러고 나서 딸아이 방으로 들어가 자리를 찾는 듯했다. 삼순이의 얼굴에는 불안한 빛이 역력했다. 삼순이 내심으로는 지난번에 큰딸이 새끼를 받아 주었으니 딸에게 의지하고 싶은 마음 간절한지 큰딸 방을 엿보는 듯했다.

하지만 양수 비치는 기미가 없었다. 몹시 불안한 모양이다. 새끼를 낳기 전에 병원에 가서 엑스레이까지 찍어 예정일과 새끼가 6마리라는 것까지 알고 있었기에 어느 만큼은 안심했었다. 그럼에도 진통으로 보이는 신음소리가 너무 길게, 오래하고 있어 조금은 불안하기도 했다.

나는 아침 8시쯤 일어나서 밥 준비를 대충 해 놓고 TV를 보고 있었다. 그사이 삼순이가 새끼를 1마리 낳았다. 삼순이가 새끼를 1마리 낳아 놓고 힘이 들었는지 내가 누워 있는 사이 다시 또 1마리를 낳았다.

삼순이는 새끼가 나오자마자 강아지 새끼처럼 보일 때까지 알뜰하게 핥아 주었다. 큰딸은 이번에도 옆에 앉아 새끼를 받아 주었다. 삼순이가 핥아 주고도 배꼽에서 다 끊어지지 않은 탯줄을 가위로 잘라 주고, 탈지면으로 배꼽에 묻어 있는 피까지 닦아 주었다.

지난번에 새끼 낳을 때는 4~50분 간격으로 낳더니 이번에

삼순아 수고했어

는 금방금방 낳는다고 큰딸이 말하기에, 내가 첫딸을 낳을 때 진통하던 시간과 둘째 진통하는 시간이 다르다고 하면서 삼순이도 그런 모양이라며 지켜보고 앉아 있었다.

이번엔 새끼를 4마리 낳았다. 지난번처럼 비실대는 새끼도 없고 젖꼭지도 모자르지 않으니 그나마 다행이었다.

"삼순아, 애썼어. 정말 애썼어."

모유

삼순이가 새끼를 낳은 지 내일이면 일주일이 된다. 그런데 왠지 지난번보다 새끼들에게 연연해하는 마음이 덜해 보인다. 지난번엔 거의 2주 가까이 대소변을 볼 때 빼고는 새끼들 곁을 떠나지 않건만 이번엔 새끼들 곁을 자주 비운다. 젖을 잠깐잠깐 물리고는 이내 식구들이 있는 곳에 와서 있다. 그러다가 식구 중 누구인가가 "삼순이, 새끼들 있는 데로 가"라고 소리지르면 마지못해 새끼들한테 갔다가는 다시 또 식구들 있는 곳으로 온다.

새끼 낳고 일주일이 다가오건만 몸보신도 해 주지 못했다. 그동안 닭다리를 삶아 국물과 같이 주거나 북엇국을 끓여 하루 몇 차례 준 것이 고작이었다. 며칠 전엔 삼순이가 설사를 하더니 나중에는 피똥까지 쌌다. 난 삼순이의 설사, 피똥을 보는 순간 너무 미안하고 겁이 났다. 삼순이가 설사하는 것이 상한 닭 국물을 먹어서 그런 게 아닌가 싶다. 저녁에 먹이고 미처 끓여 놓지를 않고 아침에 냄새가 괜찮다고 먹인 것이 잘못되었던가 보다.

삼순이가 배탈이 나면 삼순이만 문제가 있는 게 아니다. 삼순이는 지금 새끼 4마리 젖을 먹이는 산모 어미로 얼마만큼 면역력이 있어 괜찮아질 수도 있다지만 이제 태어난 지 며칠밖에 되지 않은 새끼들이 탈나면 어쩔까 그게 걱정됐다.

삼순이가 그날 하루 4, 5차례 피똥까지 싸기에 며칠 가면 어쩌나 은근히 걱정되어 그날은 우선 닭 먹이는 것을 중단하고 북엇국을 끓여 마른밥과 섞어 줬다. 삼순이는 배탈이 났을 때 본인 스스로 알아서 음식을 먹지 않았다. 그런데 지금은 새끼들 젖을 먹여야 하니 억지로라도 먹을 수 있도록 밥을 주었다. 배탈이 며칠 가면 어쩌나, 새끼들은 괜찮을까 내심 걱정했는데 다음 날 대변을 보니 변이 묽긴 해도 색깔이 정상이어서 우선 안심이 됐다.

삼순이가 탈이 난 걸 보고 있노라니 지나간 세월이 어렴풋이 떠올랐다. 큰아이 때 딸아이가 설사를 한 달 이상 하던 때가 다시금 선명하게 다가왔다. 큰딸아이가 아마도 백일이 조금 지

낳을 때였다. 딸아이가 설사를 계속 하기에 병원엘 몇 차례 가서 치료를 받았건만 설사의 원인을 찾아내지 못했다. 날이 거듭될수록 딸아이의 설사증세는 멎지를 않았다. 의사도 그 원인을 찾아내지를 못하니 보통 일이 아니었다. 아이가 설사를 시작한 지 거의 한 달 가까이 되어서야 그 원인을 알 수 있었다.

그때 친척 중에 간호사로 있던 아가씨가 유명하다는 소아과를 소개해 주었다. 지금도 생각나는데 미아리에 있는 '음두은 소아과'였다. 나는 친척 아가씨가 소개해 준 대로 그 병원을 찾아갔다. 그때 소아과 의사의 말로는 산모가 신경을 써서 그 영향이 아이한테 미칠 수도 있다는 거였다. 이를테면 내가 스트레스를 너무 많이 받았거나, 신경 쓰는 일이 있으면 그 영향을 아이가 직접적으로 받게 되어 설사증세가 멎지 않을 수 있으니 당장 젖 먹이는 양을 줄이면서 보리차를 먹이라고 했다. 그 처방대로 한 결과 아이의 설사는 멎었으나 한 달 이상 지속된 설사의 영향으로 아이는 많이 말라 있었다.

그때 내 상황은 작은 시누이가 아이들 셋을 데리고 친정에 와서 살다시피 했다. 그런저런 것들이 나에겐 스트레스였다. 무척 힘들었다. 나 혼자 힘이 들면 참으면 되겠지만 그 영향이 아이에게 곧바로 미칠 줄이야 어찌 알 수 있었을까. 설령 미리 알았다 한들 시누이 형편이 그럴 수밖에 없었으니 어쩌면 아이 또한 운명이 아닌가 싶은 생각이 든다. 그 영향이었는지 아이가 백일 때 찍은 사진은 살이 제법 통통했는데 설사를 한 달 이상 한 후로는 많이 말라 있었다.

미혼 시절엔 어떻게 하면 피부가 깨끗하고 뽀오얀 아이를 낳을 수 있을까 생각해 본 적이 많았다. 하지만 태교에 대해서는 거의 생각지도 못했다. 아이를 낳고 기르면서 '아, 태교가 이래서 정말 중요하다'라는 것을 절감했다. 그러고 보면 아이의 피부에 관해서는 관심이 많았어도 태교를 어떻게 해야 하는지도 모르고 임신을 했고 두 아이를 낳았다는 얘기가 된다.

이제와 생각해 보면, 난 '매사에 깨달음이 너무 늦은 것은 아닌가.' 하는 생각이 들 때가 많다. 모르긴 해도 그때 태교에, 모유에 대해 얘기를 들었다 해도 별로 느끼지도 못하고 그대로 할 수밖에 없었지 싶다.

이제까지 삼순이를 보며 모유의 영향을 다시금 새기게 되니, 앞으로 딸들의 태교나 수유에 관해서는 확실하게 얘기해 줄 수 있을 것 같아 그나마 위안으로 삼아야 할 것 같다.

얘들아, 세상에 나온 것을 축하한다

엄마, 좀 도와주세요

삼순이가 두 번째 새끼를 낳은 후 행동이 이상해졌다. 지난번에는 새끼를 낳고 나서 새끼들 곁을 거의 떠나지 않더니 이번엔 젖만 물리고는 이내 새끼들 곁을 뜬다. 그런가 하면 지난번엔 새끼들의 아비인 럭키가 새끼들 곁에만 있어도 가까이 오지 못하도록 으르렁거리더니 이번엔 새끼들 곁에 먼저 다가가도 사납게 굴지 않는다.

새끼 4마리가 아지랑이 곰실대듯이 한데 어우러져 다닌다. 짱아와 금동이, 이쁜이가 그 새끼들이 신기한지 새끼들 옆에 가서 엎드려 지켜본다. 때로는 새끼들 노는 것을 응시하기도 하고, 손으로 툭툭 건드리기도 한다. 어떨 때는 새끼들을 입으로 굴려보기도 한다.

삼순이가 지난번에 럭키에게 하듯 한다면 새끼들 근처엔 오지도 못하게 해야 할 터인데, 금동이와 이쁜이, 짱아가 새끼들 있는 곳에 가서 입이나 손으로 건드려도 짖지를 않는다.

한 번은 새끼들이 2층 안방에 있을 때였다. 짱아가 눈에 보이지 않기에 이름을 부르니 안방에서 '앙앙' 소리가 났다. 방에 들어가 보았다. 짱아가 새끼들을 입으로 굴리기도 하고, 손으로 톡톡 치기도 하는 거였다. 새끼 1마리가 제 자리에서 기어 나와 문갑 밑으로 들어가 있었다. 그 후로는 강아지들이 눈에 띄지 않으면 빨리 찾아봐야 했다. 혹시라도 강아지들이 새끼들을 건드려 탈이라도 날까 싶기 때문이다.

그러던 어느 날이었다. 이쁜이와 짱아가 새끼들을 입으로 굴리며 손으로 톡톡 건드리는 거였다. 삼순이의 얼굴 표정이 달라졌다. "엄마, 좀 도와주세요." 하는 눈빛이었다. 내가 짱아와 이쁜이를 부르며 떼어놓자 그제야 가서 새끼들을 품어 안는 거였다.

생후 3주 가까이 되자 새끼들은 있던 자리에서 기어 나와 오줌을 누기도 하고 구석으로 들어가기도 한다. 새끼 4마리가 이쪽저쪽으로 기어 다니니 삼순이도 어쩌지 못하고 불안한 눈빛으로 나를 쳐다본다. 나는 강아지 3마리가 언제 또 방으로 들어가서 장난이라도 칠지 몰라 안방 문을 닫아놓았다.

또 한 번은 거실에서 TV를 보고 있는데 삼순이가 보이지 않왔다. 나는 삼순이를 불렀다. 삼순이는 2층에서 불안한 시선으로 마치 엄마한테 구원 요청이라도 하는 듯 왔다 갔다 했다. 알고 보니 새끼들이 방에서 찍찍대는 소리를 우리는 듣지 못 했는데 삼순이가 먼저 듣고는 방으로 들어가려 했으나, 방문이 닫혀있자 불안해서 왔다 갔다 하며 문을 열어 달라는 신호를 했던 것이었다.

삼순이가 새끼들이 곁에 없자 걱정이 태산 같은 모양이다. 우리네 엄마들이 자식 걱정하는 마음, 그런 모습으로 느껴져 애처롭고 애틋한 마음 감출 수가 없었다.

모성애를
외면할 수가 없다네요

삼순이가 체력이 많이 달리는지 요즘 들어 부쩍 핵핵거린다. 그동안은 볼일이 급할 때에만 그런 증세를 보였는데 두 번째 새끼를 낳고부터는 힘이 부치는지 그런 증세를 자주 보인다.

동물병원에서 의사가 체력이 떨어져 힘이 없으면 핵핵거린다고 말해 주어 그 증세의 원인을 확실하게 알게 됐다. 지난번엔 그런 증세가 심하지 않았는데 이번엔 옆에서 내가 잠을 설칠 정도로 심하다. 작년 10월에 새끼 7마리를 낳고, 올 6월에 새끼 4마리를 더 낳았으니 힘이 없는 게 당연했다.

삼순이가 두 번째 새끼들을 낳고부터는 꾀가 나는지 지난번보다도 더 자주 새끼들 곁을 비운다. 삼순이가 새끼들의 곁을 비울 때는 대소변이 보고 싶을 때였는데 대소변이 보고 싶어도 새끼들이 젖을 물고 있으니 참다못해 핵핵거리는 게 아닌가 싶어 은근히 걱정이 앞섰다.

한 번은 내가 잠자리에 들기 전에 핵핵거리고 있어 오줌이 마려워서 그런가 싶어 급하게 일어나 데리고 내려가 베란다 문을 열어 주었다. 삼순이는 열어 주자마자 재빠르게 나가더니 볼일을 보는 거였다. 어떨 때는 밖으로 나가지 않고 안에서 볼일을 보기도 한다. 이젠 볼일을 봤으니 잠을 자면 나도 편하게 자련만, 잠시 후 다시 핵핵거리니 도저히 잠을 잘 수가 없었다. 왜 그러는가 싶어 더 자주 살펴보았다.

어느 날이었다. 잠을 자는데 삼순이가 또 핵핵거리고 있었다. 오줌이 마려운가 싶어 데리고 나가려고 보니 새끼 4마리가 젖을 놓지 않았다. 나는 그래서 핵핵거리고 있었는가 싶어 새끼를 1마리씩 떼어 놓고 삼순이보고 나오라고 했다. 하지만 삼순이는 찍찍대는 새끼들 곁을 떠나지를 못하고 다시 들어가서 눕는 거였다.

이런 일도 있었다. 오줌이 너무 급했는지 새끼들 곁을 빠져 나오는데 새끼들이 찍찍거리면서 어미 찾는 소리를 내자 나가다 말고 다시 들어가 새끼들을 품어 안으며 핵핵거리는 거였다. 그 소리에 새끼들 있는 곳을 보니, 바닥에 깔아 준 이불이 밀려난 채 새끼 2마리는 삼순이 엉덩이 밑에, 1마리는 머릿밑에 짓눌려 있었다. 화들짝 놀란 나는 얼른 삼순이와 새끼들을 옆으로 옮겨 주고, 젖을 찾아 물을 수 있도록 해 주었다. 삼순이는 내게 고맙다는 표정을 하더니 새끼들 얼굴과 밑을 핥아 주었다.

이젠 삼순이도 나이를 먹었나 보다. 지난번보다 힘에 겨워하는 모습이 역력하다. 오줌을 더 이상 참을 수가 없는지 핵핵거리는 소리가 더 심하다. 어미를 찾느라, 젖을 찾느라 찍찍대는 새끼들을 보면서 안절부절 어쩔 줄을 모른다. 그래도 어미라고 새끼들 곁을 떠나다가도 찍찍대는 소리를 들으면 다시 또 새끼들에게로 달려가는 것을 보며, 사람 못된 것은 동물만도 못하다는 얘기가 실감난다.

요즘 드라마를 보면 남녀가 사귀다가 헤어지고 다른 사람을 만나 결혼을 하는 경우가 많다. 이미 애를 하나둘 낳고 그 사실을 숨긴 채 재혼을 하면서 과거 때문에 겪는 아픈 현실, 아이들에 얽힌 문제로 고민, 갈등하는 모습을 그린 내용이 대부분이다. 드라마를 보면서 자식을 버렸거나, 과거를 은닉하거나, 과거사가 들통 날까봐 연연하는 사람들이 새끼들을 어쩌지 못해 좌불안석하는 삼순이 같았다면 그들의 삶의 모습은 달라졌겠지 싶은 생각이 든다.

그 밤의 두려움

삼순이가 계단을 오르내리지 못하는 지가 1년은 넘는가 보다. 지금 살고 있는 집으로 이사를 온 것이 만 8년이 되어 오니 삼순이가 그동안은 계단을 잘 오르내렸다는 얘기가 된다. 계단을 혼자서 올라오지를 못하니 계단 밑에서 하염없이 빨리 올려 주지 않아 야속하다는 눈빛으로 올려다보고 있을 때가 많다. 내려오는 것도 그렇다. 내려오지 못하니까 그런 자세, 표정으로 보고 있다.

그러다가도 간혹 기다리다 지쳤는지, 아니면 저만 빼놓고 나가려는 줄 아는지 급하게 내려오기도 한다. 때로는 내려오다 떨어져 '쿵' 하는 소리가 난다. 그랬던 삼순이가 안방에서는 내 침대 옆에 제 침대를 밟고 팔짝 뛰어올라와 남편 다리 밑에 가서 자곤 한다.

너도 올라와봐

요 며칠 사이 삼순이의 몸놀림이 이상하다. 밥을 주면 럭키와 삼순이가 제일 먼저 먹어 치우는데 먹지를 않는다. 매일 아침에는 삼순이를 안고 내려와서 베란다에 놓든지 아니면 그 앞에 놓고 나가서 볼일을 보고 오라고 재촉한다. 그러면 대소변을 보고 안으로 들어와서 밥부터 먹는다. 그런데 어제는 거실에 내려놓았는데 주저 물러앉듯 하고는 가만히 앉아 있는 거였다. 좀 이상하다 싶었어도 계속 지켜볼 수가 없어 집을 나오면서 거실에 내려놓고 나왔다.

일을 마치고 밤 10시가 넘어 집엘 들어갔다. 작은딸이 삼순이가 안방에 있다고 해서 나랑 남편은 밥을 먹고 난 11시쯤 강아지 비스킷을 몇 개 들고 올라갔다. 비스킷을 줘도 먹지 않는 거였다. 나는 "잠자리에 들기 전 삼순이 오줌을 누여야 하지 않느냐"고 작은딸에게 물었다. 작은딸은 물도 먹지 않았으니 괜찮을 거라고 말했다.

나는 잠을 청하기 위해 침대로 올라갔다. 삼순이도 팔짝 뛰어올라 내 발밑으로 갔다. 삼순이가 잠시 고개를 들어 밖을 보는 듯한 그 순간 뒷모습에서 왠지 죽음을 예감하는 듯한 생각이 들었다. 허탈하기도 하면서 한편 이젠 받아들여야지 하는 숙연함이 느껴졌다. 예전엔 전혀 느껴보지 못한 그런 뒷모습이었다. 발밑에 엎드려 있는 삼순이를 보고 아빠 좀 편히 주무시게 바닥에 내려가서 자라며 마루에 있던 강아지 침대까지 갖다 깔아 주었다. 얼마 지나 다른 놈이 목이 말랐는지 방안을 왔다 갔다 하기에 물을 주려 일어났다. 욕실에 불을 켜고 물을 주니 이쁜이와 금비가 나와서 물을 먹었다. 삼순이는 자리에서 나오지를 않아 이상하다 싶어 방안을 살펴보았다. 삼순이가 팔다리를 쭉 펴고 누워있기에 순간 설마, 삼순이가 죽은 건 아니겠지 하며 "삼순아!" 하고 불렀다. 삼순이는 내 소리를 들었는지 몸을 움직였다. 나는 그 모습을 보고서야 아니었네 싶어 안도의 숨을 쉬었다.

그런데 이게 웬일인가. 삼순이가 오줌을 싸 놓은 거였다. 우리와 사는 동안 10년이 넘도록 안에서 오줌은 한 번도 싸지 않았던 것으로 기억하는데 오줌을 싸다니 분명 이상 징후로만 생각되었다. 나는 '내일 산책하러 나갈 때 삼순이를 데리고 나가야지.' 하며 밤새 벼르고 있었다. 평소에 내가 산책하러 나가면 저는 안 데리고 가는 줄 알고 어린애처럼 보챘는데, 이번엔 밖에 나가서는 잘 따라오는지 유심히 살펴봐야 했다. 드디어 날이 밝았다. 삼순이는 다행스럽게 일어서긴 하는데 알 수 없는 일이었다.

고별의 순간

삼순이가 어젯밤에 명을 다하려나 조심스럽게 지켜봤다. 밤
새 숨을 '끄윽 끄윽', '쉭쉭' 몰아 쉬길래 마음의 준비를 해야지
하고 있었다.

그런데 아침이 되니 기력이 조금 되살아나는 것 같아 혹시
소변이라도 보려나 베란다로 내어놓았다. 이내 피식 쓰러지고
말았다. 나는 삼순이를 안고 제 침대에 놓아 주었다. 그랬더니
'쉭쉭' 몰아쉬는 숨소리가 온 집안에 처연하게 울려 퍼졌다. 그
동안 식구들과의 이별, 고별하려는 마음의 준비를 하는 것이려
나 싶게 끊어질 듯 소리는 작아졌어도 계속되었다.

나는 삼순이의 떠남의 순간을 조금이나마 외면하고 싶어 방
문을 닫고 방으로 들어갔다. 방으로 들어가니 귀를 기울여야
들릴 만큼 소리는 작아졌다. 그래도 화장실을 갈 때면 삼순이

의 애달픈 숨소리가 들려오고 있어 빨리 이승을 떠나지 못하는 삼순이의 생명이 애처롭기까지 했다.

낮에 개 3마리를 데리고 산책하러 나갈 때까지도 삼순이의 쉿소리는 이어졌다. 돌아와서도 숨은 쉬고 있었다. 오후 5시가 되어 숨을 쉬고 있는 삼순이를 편안히 뉘어 주고 난 집을 나왔다. 가게 일을 마치고 집에 돌아올 5시간 동안 살아 있으려나, 그 사이 우리 식구와의 영원한 이별을 하려나 착잡하고도 아릿한 마음이었다.

내가 가게에 나와서 남편과 두 번 통화를 할 때까지도 삼순이는 그대로 있다고 했다. 집에 도착하자마자 두려운 마음으로 삼순이를 살펴봤다. '끄윽 끄윽' 그때까지 숨을 쉬고 있었다. 밤 10시 반에 저녁을 차리고 "삼순아, 우리 밥이나 좀 편하게 먹자." 하고 방으로 들어갔다. 30분 정도가 지났을까 밥을 먹고 내려와 보니 삼순이의 숨소리는 이미 들을 수가 없었다. 어머나!,

우리가 저녁밥도 먹기 전에 숨을 거두었다면, 우린 사체부터 처리하고 밥을 먹었을 것이다. 그런데 고맙게도 저녁밥을 다 먹고 내려오니 숨을 거둔 것이었다. 게다가 내가 집에 들어오기 전에 숨을 거두었다면 난 얼마나 허전하고 안쓰러웠을까. 그것은 삼순이가 내게 '마지막 인사'를 하고 싶어 나를 기다려

삼순이의 소녀 시절

췄다는 생각이 들었다. 삼순이의 그런 마음이 더욱 측은하고 참 고마웠다.

난 급하게 남편을 불렀다. 숨소리는 멎었지만 숨을 쉬느라 배가 볼록볼록하더니 숨소리도 들리지 않고 아무런 미동도 없었다.

며칠 사이에 그렇게도 마를 수가 있는지 그야말로 뼈만 앙상했다. 난 삼순이가 너무 측은하고 불쌍해서 그냥 눈물이 흘렀다. 아버지가 돌아가셨을 때도, 어머님이 운명하셨을 때도, 시신을 만지기는커녕 눈물 한 방울 나오지 않던 내가 삼순이와의 마지막 '고별'이네 싶어지니 뼈만 남은 몸에 저절로 손이 갔다.

남편이 나오더니 나보고 방으로 들어가라고 재촉했다. 더 이상 내게 삼순이의 사체 수습까지 보이지 않으려는 배려였다. 얼마 후 남편이 사체 수습을 다 했는지 방으로 들어왔다. 삼순이가 우리와 동고동락한 세월이 16년이었다. 거의 18년 이상을 살았다는 얘기다. 남편과 난 삼순이와 참 오래 살았다며 서로가 말을 잇지 못했다.

삼순이의 사체는 신문으로 싸서 상자에 담아 베란다에 내어놓았다. 다른 개들 대소변을 보이느라 몇 번씩 그곳을 드나들며 생각에 젖는다.

얼마 전까지도 살아 있던 생명체, 우리와 그 많은 세월 동안 함께 밥을 먹고 숨을 쉬었건만 죽으면 다 저렇게 되는 건가 싶다. 사체는 더 말라 가고 있는 것인가 착잡하고도 복잡한 마음이 되었다.

다음 날이 일요일이어서 삼순이는 우리 집에 하루를 더 재워야 했다. 남편이 아침에 가게를 나가며 오늘 하루는 삼순이를 애도하는 마음에서 '검정 옷'을 입었다고 하기에, 나는 "어머니가 돌아가셨을 때에도 눈물 한 방울 흘리지 않았는데, 삼순이가 왜 이렇게 불쌍한 거냐"고 말했다. 남편은 그러기에 "반려견이라고 하지 않느냐"라고 답했다.

우린 순하디 순한 삼순이와 함께 살았던 16년이란 세월을 접고, 그렇게 보내야 했다. 돌이켜보니 그동안의 삶이 주마등처럼 다가온다.

'삼순아, 그동안 고마웠어. 그리고 미안해. 마지막 네가 가기 전날 방바닥을 힘겹게 허우적거릴 때 도와주지 못해 정말 미안해. 나와 남편은 그 순간 삼순이가 그렇게 힘겹게 삶과의 마지막 몸부림을 하는 것이라고 숨죽이며 있다가, 난 늦게서야 너의 몸을 네 자리에 뉘어 주었지. 진작 그랬더라면 삼순이가 좀 더 편히 있다가 세상을 떠날 수 있었을 텐데. 그것이 정말 미안하고 가슴이 아팠다.

　삼순아, 잘 가!

　다음 세상에서는 인간으로 태어나든지, 아니면 좀 더 살뜰히 보살펴 줄 수 있는 사람을 만났으면 한다.

　삼순아, 안녕!'

반려견을 키우는 사람이
안 키우는 사람보다 행복지수가 높다

한국은 지금 반려견 시대라 해도 과언이 아니다. 현재 반려견과 같이 지내는 인구가 600만 명에 가깝다고 하니 우리나라 인구의 10%가 넘는다. 주변에 어디를 가든 개와 마주치지 않은 적이 없을 정도다. 개들은 인간에게 다양한 혜택을 제공하여 우리의 삶을 더 풍요롭게 만들어 준다. 특히 반려견은 가장 충실하고 애정적인 동반자 중 하나로 훌륭한 파트너로서 기능하며, 여러 측면에서 다양한 이점을 제공한다.

먼저, 반려견은 우리의 정신 건강에 긍정적인 영향을 끼친다. 심리적으로 안정적인 상태를 유지하는 데 도움이 되며, 우울증과 스트레스를 줄이는 데 효과적이다. 주인에 대한 무조건적인 애정과 충성으로 인해 외로움을 덜어 주고, 일상생활에서 새로운 의미를 부여해 준다. 또한 반려견과의 상호작용은 쾌적한 환경을 조성하여 우리의 행복감을 증진시켜 준다.

다음으로, 반려견은 사회적인 이점을 제공한다. 산책이나 놀이를 통한 활동은 주인을 주변 사회와 연결시켜 주는데, 이는 친구들이나 이웃들과 소통의 기회를 제공한다. 또한 반려견을 통해 새로운 사람들과 친밀감도 형성할 수 있다. 이는 우리의 사회적 네트워크를 확장하고 강화하는 데 도움이 된다.

마지막으로, 반려견은 신체적인 건강에도 긍정적인 영향을 끼친다. 반려견과 함께하는 산책이나 뛰어놀기는 운동량을 증가시키고, 이는 주인의 체력을 향상시키는 데 기여한다. 즉, 반려견은 일정한 활동을 제공함으로써 운동 부족으로 인한 건강 문제를 예방하는데 도움이 된다는 이야기다.

이렇듯 반려견을 키우는 행복은 어딘가 특별하고 따뜻한 곳에서 시작된다. 내가 나 갔다가 집에 돌아오면 꼬리를 흔들면서 나를 반겨줌으로써 그 순간 마치 세상의 모 든 걱정과 피로가 사라지는 듯한 기분이 든다. 아무리 나에게 어려움과 스트레스가 찾아와도 항상 내 곁에 있어 주고 따뜻한 눈빛으로 나에게 안식처를 제공해 준다. 그 믿음과 사랑은 마음의 상처를 치유하는 마법의 손길처럼 느껴진다. 이런 모든 감정 들이 서로 얽혀 하나의 큰 행복을 이루어 내니 반려견을 키우는 것이야말로 또 다른 행복의 시작이 아닐까 싶다.

2부

세월 앞에
장사壯士 없네

발정 난 럭키

삼순이가 새끼들을 낳았다. 그 덕에 암놈 강아지 2마리, 수놈 강아지 1마리를 더 키우게 되었다. 이제 암놈 3마리에 수놈이 2마리다. 수술을 한 벼락이는 제외하고. 어차피 암놈 수놈을 같이 키워야 하니 럭키와 금동이는 수술을 시켜야 한다며 식구들 있는 데서 몇 번씩 거론하곤 하였다.

그러나 남편은 수술시키는 것을 반대하고 나섰다. 아무리 동물이지만 본래대로 살게 해야지 수술을 시켜 놓으면 벼락이처럼 된다는 것이 반대 이유였다. 나 또한 그 수술에 관한 얘기만 나오면 시키기는 해야겠는데 아닌 게 아니라 수놈도 아닌 벼락이의 측은한 모습을 보며 이럴 수도 저럴 수도 없네 싶었다.

그러는 사이 삼순이가 또 생리를 하기 시작했다. 그동안은 새끼들 건사하며 예방주사 맞추는 것도 쉬운 일이 아니었다.

럭키와 금동이는 수술도 시키지 못하고 있었는데, 삼순이가 생리를 시작했으니 식구들 모두 삼순이와 럭키가 신경이 쓰였다. 나이가 있으니 며칠 하다가 끝이겠지 했는데 그게 아니었다.

삼순이가 생리를 시작하고는 주로 럭키를 묶어 놓거나 아예 둘을 따로 묶어 놓기도 했다. 삼순이한테는 스타킹으로 만든 방어막 팬티까지 입혀 놓았으니 안심을 하기도 했다. 그 사이 몇 번 어설픈 광경을 보긴 했으나 '임신은 아니겠지.' 하고 편하게 마음먹고 있었다. 게다가 나이가 있으니 좀 빨리 끝나겠지 했던 것이 착각이었다.

삼순이는 내가 데리고 자고 럭키를 거실에 묶어 두었더니 럭키가 밤새도록 낑낑거려 식구들이 잠까지 설쳐야 했다.

다음 날, 럭키를 욕실에 넣고 불을 켜 놓았다. 그날도 얼마나 낑낑거리는지 그다음 날은 삼순이를 내가 데리고 자면서 방문만 닫았다. 그랬더니 이번엔 방문 앞에 와서 낑낑거리다가 나중에는 몸을 문짝에 부딪는 소리까지 들렸다.

새벽에 남편이 먼저 일어나면서 방문을 열자 럭키가 쏜살같이 방으로 들어와 침대로 올라왔다. 럭키가 내게 달려드는 눈빛이 섬뜩하기도 했다. 럭키의 눈빛은 그사이 삼순이 곁에 가지 못하게 됨은 물론이요, 방문까지 닫아 두었던 것에 대한 서운하고 맺혔던 마음에 독기까지 서렸던 것으로 보였다. 밤새도록 잠도 자지 않고 보채듯 하던 럭키가 이젠 안도했는지, 지쳤는지 삼순이 곁에서 잠시 잠이 들었다. 자다가도 내가 쳐다보는 것은 어떻게 아는지 가자미눈을 하고 쳐다보는 럭키가 무섭기까지 했다.

남편에게 나가기 전에 럭키를 밖으로 내어 놓고 방문도 닫고 나가라고 했다. 남편이 왜 그러느냐고 묻기에 럭키가 무섭다고 했다. 럭키는 방에서 쫓겨나 방문 앞에서 삼순이한테 사랑을 구걸하는 처지가 되었다. 그래도 다행인 것은 럭키가 삼순이한테 올라타거나 다가서는 듯할 때 "럭키, 그러지 마." 하고 소리를 지르면 자제하는 빛이 역력했다. 하지만 오래 가지 못하고 다시 또 올라타려 시도를 한다.

며칠을 럭키 때문에 식구들이 잠을 설쳤다. 다음 날 삼순이는 큰딸아이 방으로 보내고, 럭키는 내 방으로 데리고 들어왔다. 럭키가 큰딸아이 방엔 들어가지를 못하니 한결 얌전해진 듯했다. 나는 아침에 일어나 밥도 먹지 않고 보채듯 하는 럭키가 불쌍해 잠시 밖을 나가면서 럭키를 데리고 나갔다. 며칠 사이 럭키가 측은해 보였다. 그래서 좋아하는 차도 태워 주고 산책이라도 좀 하면 그 본능이 웬만큼 사라질까 싶었는데, 공원을 걸으면서도 마음은 온통 삼순이한테 있는 듯 걷는 걸음이 신이나 보이지 않았다. 아니나 다를까. 집으로 들어오자마자 삼순이한테 올라타려 시도를 하는 것이었다. 딱하기는 삼순이도 럭키만 못하지 않다. 따로따로 줄로 묶어 놓으니 서로 다가가지도 못하고 애절한 눈빛으로 쳐다만 본다.

삼순이는 럭키가 올라타려는 걸 알기 때문인지, 본능적으로 그리하는지, 아니면 좀 퉁겨보려는 건지 럭키가 올라타려 하면 '웡웡 하고' 짖는다. 삼순이가 생리를 시작하고 2, 3일은 럭키가 얼마나 나대는지 무척 힘들어했다. 때로는 삼순이 등에 올라타는데 그때마다 식구들이 소리를 지르면 얌전하게 삼순이 곁에 가서 눕거나, 엉덩이를 베고 있었다.

삼순이한테 스타킹으로 만든 '정조팬티'를 입히긴 했으나 빨리 보지 못하는 사이 몇 번은 사랑을 한 것도 같으니 걱정이 이만저만이 아니다.

쭉정이가 되어 버린 럭키

삼순이가 럭키와 짝짓기를 해서 두 번째 새끼를 가졌다. 나는 이젠 암놈인 이쁜이와 짱아가 있으니 럭키를 수술시켜야 한다고 남편에게 독촉했다. 남편은 그때마다 완강히 안 된다고 했다. 나는 따지듯이 남편에게 물었다.

"도대체 개 식구들이 늘어났어도 당신이 하는 것이 뭐가 있었느냐?"

여전히 답변은 없었다. 럭키도 수술을 시켜 놓으면 벼락이처럼 그렇게 바보스럽게 될지 모르겠지만, 그렇다고 새끼를 낳아 그것으로 소득을 얻으려는 심산이 아닌 다음에야 럭키를 그대로 방치할 수는 없었다.

딸들하고 같이 럭키 수술을 빨리 시켜야 하지 않겠느냐고 하면서도 남편의 반박을 듣는 것이 싫어 날짜가 조금씩 늦어졌다. 그러던 어느 날 큰딸이 병원에 예약을 해 놓았다고 하면서 수술 전날부터 굶겨야 한다고 일러준다. 하기에 다른 개들도 밥을 일찍 먹여놓고 늦은 시간에 밥을 주지 않았다. 드디어 수술하는 날 큰딸이 오전 9시 전에 럭키만 데리고 나갔다. 저녁에 남편이 럭키를 찾기에 큰딸이 데리고 나간 모양이라고 둘러대었다.

럭키가 수술을 마치고 집에 왔다. 그때까지 마취가 덜 깼는지 몽롱하게 앉아만 있었다. 그런 럭키에게 고깔까지 씌워 놓으니 더더욱 바보가 된 듯 가만히 앉아만 있었다. 옆으로 누울 수도 없으니 엉거주춤 하고 있는 그 모습이 안쓰럽기도 하고, 저러다가 내내 반은 바보가 되는 것이 아닌가 걱정도 되었다.

그렇게 고깔까지 씌워 놓았으니 남편이 들어오면 당장 알아챌 것인데 어떻게 하나 고민 끝에 잠시 벗겨 놓았다. 럭키가 아래가 가려운지 입을 갖다 대기에 어쩔 수 없이 고깔을 다시 씌워 주었다.

남편이 들어와서 럭키의 모습을 보니 수술해 준 것을 알 터인데 아무 소리가 없었다. 이미 예상은 하고 있었겠지만 그런 럭키가 측은했던지 럭키 머리에 씌워 주었던 고깔을 남편이 벗겨 주었다. 잠잘 시간이 되면서 그냥 재울 수가 없어 럭키에게 다시 고깔을 씌워 주었다. 아침에 일어나서 고깔을 벗겨 주

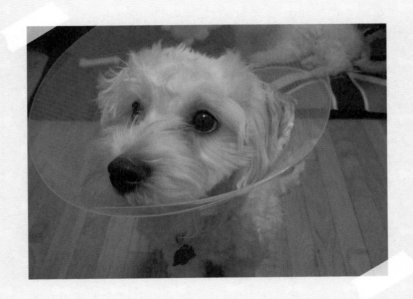

금동이 중성화 수술하다

었음에도 그때까지 몸 상태가 좋지 않은지 무척이나 얌전했다. 역시 수술 결과는 있는 모양인가 싶었다. 그런데 며칠이 지나고 나니 럭키는 역시 팔딱쟁이 럭키였다. 수술하기 전 팔딱팔딱하던 그 모습 그대로였다.

럭키가 수술을 하고 얼마 지나 이쁜이가 첫 생리를 했다. 짱아는 수술을 미리 해 주어 생리하는 것을 알지 못했다. 이쁜이는 수술을 시켜 주지 않아 생리를 하긴 해도 이미 수놈이었던 벼락, 럭키, 금동이까지 다 수술을 시켰으니 크게 신경이 쓰이지 않았다.

그런데도 벼락이는 모르겠는데 럭키하고 금동이는 이쁜이한테 올라타려 해 그러지 말라고 하면서 럭키를 보니 럭키의 벌건 고추가 웬만큼은 나와 있었다. 럭키랑 이쁜이는 예전에 삼순이가 했던 그런 모습이어서 괜찮겠지 싶어도 주의를 기울여야 했다.

금동이보다도 럭키가 문제였다. 럭키는 식구들의 눈을 피해 이쁜이를 살살 쫓아다니면서 은근히 수작을 부렸다. 럭키가 자꾸 이쁜이를 쫓아다니며 뒤를 핥기에 럭키를 줄에 매어 계단 난간에 묶어 두었다. 그런 럭키를 보며 난 '요 녀석아 네가 아무리 이쁜이한테 짝짓기를 시도해도 이젠 할 수가 없어. 이미 수술을 했기 때문에 더는 새끼를 생산할 수도 없는 쭉정이가 되어 버렸어'라며 남자들의 정관수술이 생각났다.

우리가 한국에 살 때 아이들이 어릴 때이니 80년대 초반이
었다. 그때 남자들에게는 예비군 훈련이 있었다. 군대를 제대
하고 나면 예비군이라 해서 1년에 한 번 의무적으로 훈련을 받
아야 하는데 훈련받으러 그곳에 가면 무료로 정관수술을 해
주었다. 그즈음이 자식은 아들딸 구별 말고 하나만 낳아 잘 기
르자는 구호가 유행할 때였다.

친구 남편은 그때 예비군 훈련을 나갔다가 그 수술을 받고
왔다고 했다. 또 주변의 몇몇 아는 사람들도 남편이 정관수술
을 했다는 이야기를 들었다. 어떤 남자는 아내와 상의를 해서
하기도 하지만, 어떤 남자는 아내에게 아무런 말도 없이 슬며
시 수술을 하고 온 남자들도 있었다고 한다.

우리 남편 같은 경우는, 수술하면 남자가 기가 없어진다는
등의 수술 후의 후유증 얘기만 듣고 왔는지 수술할 생각도 못
하고, 아니 생각조차 안 했다. 나는 남편을 바라보며 그 수술의
결과야 어찌 될지 알 수 없지만, 우선은 심리적인 영향이 크겠
구나 싶어 남편에게 수술을 하도록 설득 내지는 종용도 하지
않았다.

그런데 나이가 들어가니 이젠 생식능력이 있다 해도 그걸

어디에 쓰겠나 싶다. 남자들이 생식능력이 있어도 써먹을 필요조차 없는 나이가 되고 보니, 그야말로 '쭉정이'가 되어 버린 것 같다. 세월 앞에 장사 없다고 측은하고 안쓰러운 그런 마음도 든다.

럭키는 울고 싶대요

부모가 자식들에게 똑같이 사랑을 나누어 줘도 그 부모의 사랑에 불만이 없는 아이가 있는가 하면, 부모의 사랑을 좀 더 받고 싶거나 독차지하고 싶어 시샘하는 아이도 있다.

럭키와 삼순이가 짝짓기를 한 이후 새끼들을 두 번이나 낳았다. 그 새끼들을 다 끼고 살다 보니 새끼들의 어미 아비인 삼순이와 럭키에게 눈길 한 번, 손길 한 번 제대로 주지 못하고 날이 가고 어느 사이 또 다른 날이 왔다.

삼순이는 본디 순했다. 그런데 두 번에 걸쳐 새끼들을 낳자 욕구불만이 생겼는지 잠자는 시간 말고는 '손가락 빨기'가 일과다. 새끼들이 치대면 귀찮다는 듯 앙칼지게 짖어 대기도 한다. 어떨 때는 밖에서 무슨 소리가 나거나 식구들이 들어오는 기척이 나면 큰소리로 짖어 댄다. 그럴 때마다 짖지 말라고 큰

소리치거나 매를 들고 때리는 흉내를 내도 그치지 않는다. 마치 이렇게라도 해야 스트레스, 욕구불만을 해소하는 듯하다. 이런 짓만 안 하면 있는 듯 없는 듯해서 이쁘기도, 측은하기도 하다.

삼순이와는 달리 럭키는 새끼들로 인해 식구들에게 사랑받지 못해 불만이 많고 스트레스가 쌓이는 것을 어떻게 분출시키나 고민하는 것처럼 보인다. 지하실에 내려가서 똥을 싸기도 하고, 최근엔 식탁에 올라가 실례를 한다. 이렇게 아무 데나 오줌을 싸대니 때로는 식구들이 나가면서 럭키만 묶어 놓고 나갈 때가 있다. 식구들이 올 때까지 혼자 그렇게 묶여 있다 보니 울분이 쌓이기도 하겠지 싶다.

어떤 날은 집에 들어가면서 묶여 있던 럭키를 풀어 주는데 그러면 다른 강아지들을 물기라도 할 기세로 앙앙 짖어 댄다. 그렇게 묶여 있는 것도 속이 상한데 겨울 들어서면서 내가 개들을 데리고 나가지를 못하니 더욱 속상한 모양이다. 큰딸이 벼락, 짱아, 금동이만 데리고 나갔다 들어오면 속이 상해 못 견디겠다는 듯 나갔다 오는 그들을 향해 앙칼지게 짖어 댄다.

그러던 어느 날이었다. 잠자리에 들었는데 무슨 연유에서인지 럭키가 '씩씩 핵핵' 대는 소리에 잠을 잘 수가 없었다. 참다 못해 남편이 럭키를 컴컴한 거실 식탁 의자에 묶어 놓고 올라왔다. 좀 잠잠해지겠지 했는데 이번엔 '잉잉' 울기까지 했다. 도저히 잠을 잘 수 없어 남편이 내려가 럭키를 풀어 주었다. 그 랬더니 분기를 참지 못하겠다는 듯 '아아앙' 짖어 대며 2층으 로 뛰어 올라오는 것이었다. 오줌똥이라도 제대로 가리면 괜찮 을 텐데 식탁 위에까지 올라가서 오줌을 누니 저 말썽꾸러기 애물단지를 이뻐하기는커녕 안아 달라고 보채도 밉고, 귀찮고 해서 밀쳐냈다. 이래저래 럭키는 울고 싶은 마음인가보다.

"럭키야, 넌 아가가 아니고, 아가들의 아빠야, 그러니 더 이 상 보채지 마." 하고 알아듣도록 일러 줘도 럭키의 욕구불만, 울고 싶은 마음은 가라앉지 않았다.

럭키야, 울지 마

개들을 데리고 아롱이 할머니와 같이 산책 다니는 지도 어느덧 2년이 넘었다. 혼자 다닐 때는 개 4마리를 데리고 나가기도 하고, 때로는 2마리 3마리를 데리고 다녔다. 그럴 때마다 개들이 서로 나가겠다고 야단법석을 떨었다. 보다 못한 딸들이 1마리나 2마리만 데리고 나가라고 언성을 높인다. 그런 꼴을 누구인가 보고서 관리사무실에 민원을 넣으면 집을 비우라는 경고를 받거나, 아예 이 집에서 쫓겨날지도 모르기 때문이다.

난들 그 사실을 어찌 모르겠는가. 개들을 데리고 나갈 때마다 그 고초는 내가 다 겪어 내야 하고 힘이 들어도 내가 더할 터인데, 그런 딸들의 잔소리가 나를 더더욱 피곤하게 만든다. 어떨 때는 밖으로 나가기도 전에 지치기도, 그냥 쉬고 싶다는 마음이 클 때가 많다.

날씨가 좋은 날은 개들보다도 내가 더 나가고 싶어 개들을 끌고 나간다. 하지만 그 좋은 날조차 산책을 즐길 수가 없다. 럭키, 금비, 이쁜이가 다른 개들을 보면 짖어 대거나 쫓아가는 바람에 혼자 개들을 돌봐야 한다는 게 힘에 부친다. 스트레스가 되기도 한다.

그러던 어느 날, 산책길에서 아롱이 할머니와 할머니의 딸 정인 씨를 만났다. 그 후 어느 날부터인가 같이 산책을 하게 되었다. 아롱이 할머니는 개를 키우지 않지만 개 4마리를 데리고 나가는데도 무리 없이 아주 재미있게 데리고 나가신다. 모녀가 개를 워낙 좋아해서 개를 키우고 싶은데도 아들이 개를 좋아하지 않아 키우지 못한다고 한다. 그러다 보니 우리 견공들 산책길에 기꺼이 동행하면서 같이 즐기는 상황이 되었다.

아롱이 할머니는 어려서부터 동네 개들 밥까지 챙겨 주셨다고 한다. 개 사랑이 어느 정도쯤인지 짐작이 가고도 남는다. 그런 아롱이 할머니가 이젠 산책길에 우리 집 개들의 간식과 물을 챙겨서 나오신다.

처음 얼마 동안은 내가 개 4마리를 끌고 나가서 같이 만났다. 하지만 지금은 내가 개를 데리고 집에서부터 나가는 일이 보통 일이 아님을 알고는 집으로 데리러 오신다. 어떤 날은 정인 씨까지 합류하니 개 4마리를 데리고 나간다고 해도 산책이

한결 수월해졌다. 아니 재미있는 일상이 되었다. 봄여름이면 호숫가로 나가기도, 가을이면 단풍이 예쁜 공원까지 나가 풀어 놓으면 개들이 좋아서 마냥 뛰어논다.

하지만 겨울로 접어들면서 밖으로 나가기가 쉽지 않았다. 겨울의 어느 날부터인가 아롱이 할머니는 일주일에 한 번 1마리씩 데리고 가신다. 때로는 내가 가게를 나가면서 할머니 집에 데려다 놓고 퇴근하는 시간에 가서 데리고 온다. 그러던 어느 날 부득이 럭키가 할머니 집에서 자게 되었다. 다음 날 데리고 와 밤에 잠을 자는데 잠결에 '흑흑' 흐느끼는 소리가 났다. 나는 "밤에 누가 우는 거야." 하며 귀를 기울였다. 럭키가 우는 소리였다. 내가 잘못 들었나 싶어 가만히 들어보니 럭키가 자면서 우는 소리였다. 난 벌떡 일어나 럭키를 안으며 "럭키야, 울지 마, 너를 아롱이 할머니한테 보내려는 게 아니었어. 이젠 안심하고 자." 하며 토닥여 주었다. 여태까지는 럭키가 아롱이 할머니네로 가긴 해도 밤에 엄마가 데리러 온다는 것을 알고 편한 마음으로 놀았는데, 그날은 밤이 지나도 엄마가 데리러 오질 않으니 혹시나 '버려지는 게 아닐까?' 놀라고 걱정스러웠던 모양이었다.

요즈음은 아롱이 할머니와 정인 씨가 우리 집에 오면 반갑다고 반기기도 하고, 무릎에 올라가 가슴에 안기기도 한다. 그

공원에서 럭키, 짱아와 함께

 아롱이할머니와 삼순이, 럭키, 이쁜이 짱아랑 산책 나왔어요

러다가도 내가 방으로 들어가면 세 놈이 쪼르르 다 따라서 올라온다. 역시 본래 주인인 내가 더 좋은 모양이다.

며칠 전 TV에서 동물농장을 봤다. 그날 소개된 얘기 가운데 주인을 잃어버린 개가 한 자리에서 10년 동안 주인을 기다린다는 얘기가 소개되었다. 이미 그 개는 백내장까지 있어 앞도 잘 보지 못했다. 주변 아파트 주민들이 개의 보금자리까지 말끔하게 정리를 해 주었건만, 늘 그곳에 나와 앉아 있는 모습이 잊히지 않는다. 과연 그 개는 주인을 잃어버린 것인지, 유기견인지? 열세네 살쯤 되는 개가 10년 이상을 기다렸다면 그 개가 버려졌을 때는 서너 살이었다는 얘기가 된다.

얼마나 식구들이 가슴 깊이 차지를 했기에 한결같이 그렇게 기다리고 있는지, 혹시라도 개 주인이 기억하고 찾아주기나 하려나 내내 눈에 삼삼했다. 하지만 이미 10년이 넘었다면 주인이 버린 것이라고 봐야 할 것 같다 싶어 그 개가 더 오래도록 가슴에 잠긴다.

자식을 낳아봐야 부모 마음을 안다고 했다. 개를 여러 마리 키우다 보니 해를 거듭할수록 어쩌면 그렇게 자식, 사람과 같은가 싶어질 때가 많다. 그래서 차마 그 마음을 외면할 수 없어 남에게 주지도 못한다.

럭키는 아주 어릴 적부터 주인이 몇 번 바뀌었다. 나는 럭키가 오줌을 아무 데나 싼다고 해서 전 주인들에게 매 맞은 것을 안다. 그 경험이 트라우마가 되었는지 자주 만나고, 그렇게 귀여워해 주시는 아롱이 할머니 집에서 하룻밤을 자면서 어릴 적의 기억이 되살아났는가 보다.

다시 또 누구에겐가 보내질까 봐 겁이 났던지 꿈결에도 흐느끼는 럭키를 보며, "럭키야 울지 마, 다시는 남에게 보내지는 않을 거야." 하며 쓰다듬으면 마치 말귀를 알아듣기라도 하는 듯 애잔한 눈빛으로 쳐다본다.

럭키의 가슴앓이

아롱이 할머니가 매주 월요일이면 개 2마리를 데리고 가신다. 개 4마리를 데리고 산책을 하고 오는 길에 2마리는 데리고 가시고 2마리는 내가 데리고 온다. 그런데 이쁜이는 한두 번 갔다 오더니 갈라지는 길목에 다다르면 아롱이 할머니한테 가지 않겠다는 듯 먼저 길을 건너려 한다. 이쁜이와 삼순이는 멍하니 있다가 끄는 쪽으로 따라온다. 이쁜이가 가지 않으려 하니, 그 후로는 럭키는 매주, 삼순이와 금비는 격주로 간다.

산책을 나갔다가도 으레 집으로 오는 줄 알고 있다가 언제부터인지 정해진 날이 아닌 다른 날도 데리고 가시기도 했다. 차츰 그 횟수가 잦아지니 아침이면 오늘은 산책하러 나가려나, 아니면 엄마가 저희만 두고 일찍 나가려나 살피는 기색이 엿보인다. 그런 눈치를 뻔히 알면서도 내가 너무 피곤하다든지 아니면 바쁜 날에는 산책도 나가지 못하고 며칠을 지날 때가 있다.

어느 날이었다. 산책을 나갔다가 집으로 들어오는 계단을 올라오며 이때부터다 싫었는지 럭키가 꽁무니를 빼기 시작했다. 흘끗흘끗 엄마인 나를 쳐다보는 럭키의 모습은 마치 개구쟁이가 떼를 쓰듯 꼭 그런 모습이었다. 럭키의 심중을 충분히 간파한 난 어쩌나 보려고 "럭키, 안 돼." 집으로 가야지 하며 목줄을 당기면 들어가지 않겠다는 듯 자리에 주저 물러앉기도, 옆집 쪽으로 엉덩이를 빼기도 한다. 그 지경까지 되고 보니 지정된 날이 아닌 다른 날도 어쩔 수 없이 럭키를 데리고 가신다.

그러던 어느 날, 아롱이 할머니가 데리고 가실 상황이 아니어서 슬그머니 먼저 가셨다. 아니나 다를까. 럭키는 집으로 올라오는 계단에서부터 이상하다 싶었는지 주변을 살피기 시작했다. 아롱이 할머니가 눈에 보이지 않자 엉덩이를 빼긴 해도 이미 몸에서 생기가 거의 다 빠진 듯 보였다.

차츰 견공들의 아롱이 할머니 집 나들이가 잦아지자 이젠 럭키가 조금씩 변해 갔다. 거의 언제나 내가 들어오면 졸졸 쫓아다녔는데 별로 감정이 실리지 않은 몸짓이었다. 갈등하는 기색이 역력해 보였다. 마치 아이들이 이 집 저 집 다니다 보면 겪게 되는 정서불안처럼 보였다. 식구들하고 같이 살면 저희끼리 집에서 보내는 시간이 많은 것에 비해 아롱이 할머니는 온종일 같이 있어 주고, 또 먹을 것도 살뜰히 챙겨 주시니 어떻게 해야 하나 생각하는, 고민하는 것처럼 보인다. 평소에는 '엄마가 나를 데리러 왔네.' 하며 달려오더니, 요즈음은 가기 싫은데 억지로 나오는 듯 걸음걸이도 생기가 없고 차에 올라타도 다시 아롱이 할머니만 쳐다본다.

늘 느끼는 것이지만 개들도 사람의 심리와 너무 흡사하네 싶다. 사람으로 치면 럭키도 중년의 나이이니, 그 나이에 상황 파악을 못 한다면 모자라도 한참 모자라는 것이다. 아롱이 할머니가 더 좋긴 한데 그 집에서는 살 수 없을 것 같고, 식구들은 보고 싶고, 갈 수도, 엄마 집에만 있을 수도 없는 갈등을 넘어선 '가슴앓이'가 시작된 것 같다.

오늘은 며칠을 나갈 수 없었던 탓도 있지만, 럭키가 설사를 했다. 평소 아침에 볼일을 보고 나서 내가 방으로 들어가면 같이 따라 들어왔기에 방에 다 있겠지 싶어 살펴보니 럭키가 보이지 않았다. 방문을 열고 "럭키야!" 하며 큰소리로 불렀건만 나타나지 않았다. 몇 번 불러도 오지 않더니 나중에 방문을 열어보니 힘없이 방문 앞에 앉아 있는 거였다. "럭키, 왜 거기 앉아 있느냐?" 하며 들어오라고 하니 침대로 올라와 늘 하듯 남편 베개를 턱에 괴고 엎드리는데 너무 우울해 보였다. 난 럭키에게 "럭키야, 배가 아픈 거니, 아니면 할머니 보고 싶어 마음이 아픈 거니." 하고 토닥거리니 '두 가지 다'라는 듯 그 눈빛이 슬퍼 보이기까지 했다.

그날은 약속이 있어 개들을 데리고 나갔다 오면 너무도 바빠질 것 같아 나갈 수 없었다. 하지만 럭키의 처연한 표정 때문에 잠깐이라도 바람을 쐬 주고 나가야 할 것 같아 아롱이 할머니한테 전화를 했다.

개 4마리를 데리고 아침 산책을 나갔다. 돌아오는 길에 이쁜이는 어느 사이 길을 건너려 하는데, 럭키는 '나, 아롱이 할머니네 집으로 갈래, 가도 돼.' 하는 눈빛과 몸짓으로 길에 주저앉았다. 마음 약해지신 할머니가 그날도 데리고 가셨다.

개들을 키우는 지도 어느덧 10년이 넘었다. 비록 말은 하지 못해도 눈빛, 몸놀림만 봐도 웬만큼은 안다. 삼순이, 이쁜이, 금비는 아롱이 할머니네 놀러 가도 좋고, 아니어도 엄마하고 살면 되지 별다른 고민하는 기색은 보이지 않는다. 그런데 럭키는 '이리 갈까, 저리 갈까.' 갈등이 깊어져 이젠 '가슴앓이'까지 하는 눈빛이다.

안락사를 시켜야 한다네요

개 3마리, 강아지 4마리를 키우게 된 지가 어느덧 2년이 넘는 것 같다. 처음 럭키를 데려왔을 때 침대에 올라가서 오줌을 싸대니 무척이나 힘이 들었다. 그런데 아직도 다른 강아지들보다 말썽이 많아 속이 상한다.

아침에 일어나 베란다에 나가 볼일을 보였다 싶어 나는 주방으로 간다. 아침 식사 준비를 하려 왔다 갔다 하다 보면 그사이 또 어느 녀석이 똥을 싸놓는다. 한두 마리 키울 때는 대소변 보이는 일이 이렇게까지 힘이 드는 줄 몰랐다. 그런데 7마리나 되다 보니 치우고 돌아서면 다른 놈이 싸놓고 치우고 돌아서면 그사이 또 다른 놈이 싸놓는다.

어디 그뿐인가. 럭키는 식탁까지 올라가서 오줌을 싸대니 요즈음은 식구가 나갈 때 럭키만 묶어 놓고 나간다. 럭키를 묶어

 럭키가 우리 집에 오던 날

놓는 것이 안됐다 싶어서인지 이쁜이가 럭키 옆에 있어 준다. 다른 개들은 그냥 있는데 럭키만 붙잡아 매어 놓기는 했지만 미안하고 측은해서 밖에 나와서도 럭키가 눈에 밟힐 때가 많다.

며칠 전에도 식구가 들어올 때까지 묶어 두니 식구가 들어오면 난리 치듯 달려든다. 베란다 문을 열어 주려면 문에 붙어서서 박박 긁어 댄다. 그래도 그렇게 묶여 있을 땐 오줌이나 똥을 싸지 않는 것이 다행이다.

그런데 어제는 잠자리에 들려던 딸이 럭키가 침대에 오줌을 흥건하게 쌌다며 분을 참지 못해 럭키를 묶어 놓으며, 벌을 세우는 것이니 아무도 풀어 주지 말라며 엄포를 놓고 들어갔다.

다른 때는 뭔가 잘못을 해서 묶어 놓으면 아무 소리 없이 가만히 있는데 어제는 "이이잉이이잉" 우는 소리에 잠을 잘 수가 없었다. 늦은 시각에 그렇게 울어 대니 우리 식구가 잠을 못 자는 것이야 그렇다 해도, 이웃 사람들 때문에도 안 되겠다 싶어 남편이 럭키를 풀어 주고 방으로 데리고 들어왔다.

아니나 다를까. 아침이 되니 큰딸이 왜 럭키를 풀어 주었느냐며 다시 묶어 놓기에 개 7마리가 너무 많아 내가 힘이 드니 럭키는 어디에 데려다 주라고 했다. 나도 럭키를 남에게 준다는 생각은 별로 해 보지 않았지만, 딸들이 그렇게 나올 때면 습관적으로 남에게 주라고 한다. 그랬더니 큰딸이 "시설에 데려다 줘서 2주 정도 보호를 하고 있는 동안 새 주인이 나타나지 않으면, '안락사'를 시키기에 그렇게는 할 수가 없다"라고 말하는 거였다.

난 툭하면 대소변을 치우며 "이 개새끼들을 어찌할 것이냐, 웬 개 식구는 이렇게 늘려 놓아 도대체 어떻게 해야 하나?"라며 푸념하듯 말한다. 남편은 그 얘기가 듣기 싫었던지 그런 말은 하지 말라고 하기에 그냥 흘려들으라고 했다.

개들을 몇 년 키우다 보니 이 사람이 싫은 소리를 하면 저 사람이 싫어한다는 걸 알았다. 누가 누구를 얼마나 더 사랑하느냐고 물을 필요도 없이 그렇게 마음이 가 있다. 그러니 남편도 내가 하는 소리가 듣기 싫었을 것이다.

럭키가 어젯밤에 이어 오늘도 묶이자 다시 또 '이이잉' 소리를 내며 울어 대었다. 식구 모두 럭키의 우는 소리가 마음이 아프기도 했지만, 말썽이 많으니 어쩔 수 없이 그 밤도 묶어 두어야 할 것 같다. 식구들이 다 밖으로 나갈 때 묶어 놓으면 얌전하게 있을 것 같은데 식구가 집에 있으면서 묶어 놓으니 울어 대는 것이었다.

딸아이에게서 안락사 얘기를 듣던 날 럭키가 '이이잉' 울던 소리가 귓가를 떠나지 않는다. 중병이 들어서 할 수 없어 안락사를 시키는 것도 아니고, 말썽을 부린다 해서 안락사를 시킬

것을 뻔히 알면서 시설에 보낼 수는 없다. 마음이 아프고 그것
이 고민이다.

유모차

아롱이 할머니하고 산책을 같이 다닌 지가 어느덧 1년 가까이 됐다. 나 혼자 다닐 때는 일과로 삼기보다는 크게 마음먹어야 나갔으니 그만큼 횟수가 줄어들 수밖에 없었지만 아롱이 할머니와 같이 다니다 보니 거의 일과가 되었다. 운동도 같이 다니는 사람이 있어야 빠지지 않고 지속적으로 하는 것과 다를 바 없었다.

견공들도 그것을 아는지 매일 나가자고 심하게 보챈다. 이젠 바깥바람을 알기도 했겠지만, 아롱이 할머니가 매일같이 갖고 나오시는 간식 때문에 더 기다리는 것이 아닐까 싶다. 밖에 나가는 것을 얼마나 좋아하면 이젠 내가 잠을 자다가 자리에서 일어나는 기척만 나도 자다가 벌떡 일어나 쫓아 나온다.

지금 나가는 것이 아니니 그냥 자리에 좀 있으라고 큰소리를 지르지만 소용없다. 산책하러 나갈 시간이 되면 내가 할머니한테 전화를 걸든지, 때맞춰 전화가 오면 어떻게 알고는 그때부터 내 꽁무니를 졸졸 쫓아다닌다.

밖으로 나가기 전부터 난 세 놈한테 치여 줄에 걸려 넘어질 지경이다. 일단 밖으로 나왔다 하면 환호성까지 질러댄다. 이젠 달리기 시합이라도 하는 듯 내달리니 난 그놈들한테 이끌려 다니는 꼴이 되고 만다.

더러는 아롱이 할머니가 집 가까이 계단 아래 서 계시는 것을 보면 난 더 이상 개 줄을 잡지 못하고 놓아 준다. 그러면 세 놈이 신나라 할머니에게 달려간다. 할머니가 조금 늦게 나오시는 날은 그놈들한테 더 시달려야 한다. 럭키나 금비는 내가 줄을 놓아 주면 아롱이 할머니한테 그냥 달려가는데, 이쁜이는 가다가 돌아서서 내게 왔다가 내가 뒤에 있음을 확인하고 다시 할머니한테 달려간다. 거의 언제나 간식을 준비해서 나오셔 달려오는 럭키, 금비, 이쁜이에게 일일이 먹여 주시니 그 시간이 얼마나 기다려질까.

그렇게 만나면 아롱이 할머니가 럭키 줄을, 내가 금비와 이쁜이 줄을 잡고 간다. 가다가 산책로에 들어서서 사람이 없다 싶으면 줄을 풀어 준다. 그러면 이쁜이와 금비는 껑충껑충 뛰기도 하고 사슴처럼 경중경중 뛰다가 청설모를 보면 잡기라도 할 기세로 달려간다. 뛰다가 이쁜이와 금비는 서로 장난을 치며 나 잡아 봐라 하는 듯 놀기도 한다.

그러다가도 누가 지나가거나 다른 개들을 보면 짖으며 쫓아가기도 해서 한두 번은 1마리씩 번갈아 가며 나간다. 집에 한두 마리 떼어놓고 나온 날은 개들이 기가 죽고 생기가 나지 않아 가급적이면 같이 데리고 나온다.

이쁜이와 금비는 신나라 뛰어다니며 재미있게 놀기도 하지만 럭키는 아롱이 할머니가 줄을 꼭 잡고 있기 때문인지는 몰라도 이젠 걷는 것조차 힘이 든가 보다. 아닌 게 아니라 럭키 체중이 5kg이 넘어 많이 뚱뚱한 편이다. 나이 탓인지 체중 탓인지 요즈음은 걷다가 헉헉거리며 힘들어한다. 이젠 아예 벤치에 올라가지도 못하고 그 밑에서 혀를 내밀고 헐떡이고 있다. 며칠 전엔 너무 힘이 들었던지 가다 말고 길거리에 주저 앉아 있기에 아롱이 할머니가 안고 가시기도 했다. 그런 럭키를 보며 벌써 저렇게 걷는 것도 힘이 들면 안 되는데 싶어 마음이 쓰였다. 더구나 집에 있는 삼순이야 말해서 무엇 할까 싶으니 가슴까지 묵직해 온다.

다음 날 아롱이 할머니와 정인 씨까지 같이 산책을 하며 앞으로 럭키가 힘이 들어 밖에 나오지 못하면 그때는 '유모차'라도 하나 사서 데리고 다녀야겠다고 하셔 우리 셋은 못 말리는 개 사랑에 한바탕 웃고 말았다.

　남들은 그까짓 개새끼 키우다 힘이 들면 내다 버리든지 하면 될 것을 한가한 소리 한다 하겠지만, 남에게 주는 것도, 내다 버리는 것도 그건 도저히 할 수 없다 싶으니 앞으로는 아무래도 유모차라도 하나 구입해서 같이 다녀야 할 것 같다.

통제하는 보살핌

　작은딸 내외가 여행을 간다며 자기네 집에 와서 하룻밤 잘 수 있겠느냐고 했다. 개가 2마리이니 데리고 갈 수도 없어 이를테면 나 보고 집에 와서 개들을 봐 줄 수 있느냐는 요청이었다. 남편을 졸지에 하늘나라로 보내고 개 1마리는 내가 데리고 큰딸네로, 2마리는 작은딸네로 보냈다. 내가 개들을 보러 가는 건 이번이 세 번째다.

　난 우선 작은딸 집으로 가서 개 2마리를 데리고 동네 산책 길에 나섰다. 내가 키울 때는 적어도 일주일에 몇 번씩은 데리고 나갔는데 딸과 사위는 통 데리고 나가질 않았다. 그것이 늘 마음이 편치 않았다. 동네를 한 바퀴 돌고 집으로 들어서니 현관에 슬리퍼가 4켤레나 놓여 있었다. 뭔 슬리퍼가 이렇게 나와 있느냐고 물으니 거실에서 신는 것과 침실에서 신는 것이 다르다는 딸의 대답이었다. 개들이 아직도 거실에 실례를 할 때가 많아 침실이 있는 2층으로 올라갈 때는 다른 슬리퍼를 신어야 해서 그리 되었다는 것이다.

내가 집으로 들어가고 딸은 이내 집을 나섰다. 딸네 집에서는 잠을 처음 자는 일이었다. 좀 불편하고 어색할까 싶었으나 키우던 개들도 있고 거실에 앉아 TV를 켜니 이내 편안해졌다. 나는 영화 관람이라도 하듯 드라마를 켰다. 시작한 지 몇 회 나가지 않은 것이어서 몇 회 연속으로 보며 오랜만에 포근하고 즐거운 시간을 가졌다.

럭키도 제 침대에 들어가 누워 있었다. 금비는 이젠 엄마를 다 잊은 것 같기도 하고 아닌 것 같기도 했다. '엄마한테 가서 안겨야 하는지, 가만히 있어야 하는지, 엄마가 내치면 어떻게 하지.' 하는 등의 마음이 읽혔다. 럭키는 바닥 제 침대에, 금비는 소파 위 내 옆에 있기는 한데 조금 떨어져 있었다. 나 역시 내 집에서 키울 때처럼 품에 안고 있게 되지를 않아 몇 시간의 어설픈 시간이 흘렀다.

이젠 잠 잘 시간이겠다 싶어 2층으로 올라가려는데 금비가 잽싸게 따라 올라왔다. 내려가라고 했더니, 이내 상황을 알아챘는지 내려가 두 놈이 나를 야속하고 서운하다는 눈빛으로 올려다보고 있었다. 마음 같아서는 하룻밤 자고 가는 것이니 개 2마리를 데리고 올라가 잘까 싶기도 했다. 하지만 1년 반 동안 애들이 애써 길들여 놓은 환경을 내가 깨면 안 되겠다 싶어 안쓰럽고 아쉬운 마음을 눌러 참으며, "너희들 들어가 자." 하고 말하고는 나도 잠자리에 들었다.

아침에 일어나 거실로 내려가서 주방으로 향하는 순간, 주방 문 앞에 이미 오줌똥을 싸 놓았다. 딸네 집은 주방 문 쪽으로 뒷마당이 있어 개들은 그곳에서 볼일을 봤다. 그런데 그날 내 눈 앞에 펼쳐진 광경은 엄마인 내게 대한 서운한 마음의 앙갚음으로밖에 보이지 않았다. 자기 전에 볼일을 보였기에 아침에 그 시간이면 대소변을 참을 수 있으리라 싶었다. 하지만 럭키와 금비는 그렇게라도 해봐야 지들 마음에 쌓였던 스트레스가 풀리기라도 하는 모양이다. 엄마인 내게 대한 서운한 마음의 표현으로 보였다.

우린 그동안 남편과 같이 개 7마리를 아무런 제재도 없이 침대에서 뒹굴며 10년 이상을 살았다. 큰딸이 결혼하면서 3마리를 데리고 분가를 했으니, 4마리와 같이 살다가 남편이 세상을 떠나기 1년 전에 어미 개인 삼순이가 죽고, 3마리와 살았다. 그때부터 우리 침대가 바로 개들의 잠자리가 됐다. 물론 개들 침대도 우리 옆에 놓아 주건만 잠을 잘 때면 거의 언제나 우리와 같이 잤다.

그러다가 어느 날 1마리는 나와 같이, 2마리는 작은딸네로 가게 되면서 2층엔 올라가지도 못하고 아래층 저희 잠자리에서 자야 했다. 개들도 그런 처지, 환경이 얼마나 낯설고 외로웠을까 가슴이 싸하게 아파 왔다. 딸네 집에서 사는 동안 그렇게 지냈을 개들이 엄마인 내가 갔으니 당연히 엄마와 같이 잘 수 있으려나 기대를 했을 것 같다. 그런데 엄마 역시도 저희를 철저히 통제하고 내친 모습으로 보였을 터이니, 애들 말대로 하면 얼마나 속이 상하고 화딱지가 났을까. 엄마와 언니가 싫어하는 오줌똥이라도 안에서 싸서 치대지 않고는 그 마음이 풀리기나 했을까.

내 눈에 보인 그 모습이 개들의 그런 마음으로도 보였으니 크게 나무랄 수도 없었다.

문병

내 생일 날이었다. 작은딸이 내가 같이 살고 있는 큰딸 집으로 오면서 럭키를 안고 왔다. 럭키를 안고 들어서는 딸에게 럭키 왔느냐며 어서 오라고 맞아들였다. 가까이 살고 있건만 서로 바쁘다 보니 어쩌다 온다 해도 개까지 데리고 오기가 미안해서 거의 언제나 혼자 올 때가 많다.

집안으로 들어서며 럭키가 요즈음 아파서 병원엘 다녀왔다며 너무 울적해 하는 것 같아 기분전환이라도 시키려고 데리고 왔다는 것이다. 난 병원이라는 말에 어디가 아픈 것이냐고 물으면서 "이제 늙어서 그런 거지 뭐 병원까지 가느냐"고 말했다. 작은딸은 답변을 회피했다. 엄마인 내가 그런 식으로 나올 것을 알기에 가급적이면 그런 얘기는 하지 않는 것으로 보였다. 더는 자세하게 얘기를 하지 않아 나는 럭키를 살펴보았다.

기운이 없어 보이기도 하고, 눈동자가 희미해 보여 어디가 많이 아픈 것인가 마음이 쓰였다. 그렇긴 해도 걸어 다니기는 해서 노환이겠지 그렇게 접어 두고 싶었다.

집으로 갈 시간이 되어 자리에서 일어서며 밖으로 나서는데 작은딸이 럭키를 안고 나가서 차에 탔다. 난 내심으로 '금비는 집에 혼자 두고 럭키는 오늘 호강하네!' 하며 그들을 배웅하고 집으로 들어왔다.

내 생일이 목요일이었는데 토요일 아침, 내가 개들을 보러 가야 할 것 같아 작은딸한테 전화를 했더니 오지 말라는 것이었다. 그래서 "럭키가 어디가 얼마나 아픈지 가야 한다고" 말하고 바로 딸네 집을 찾았다.

남편이 사망하기 전 우리 집에서 살 때에는 내가 개들을 데리고 산책하러 자주 나가기도 했건만 럭키와 금비가 작은딸네로 들어가 살면서부터 딸과 사위는 산책을 시키지 않았던 모양이다. 그러니 개들도 스트레스가 심하기도, 게다가 우리와 살 때에는 아래층 2층을 자유롭게 드나들면서 늘 같이 붙어 자다시피 했지만 딸네 집에서는 따로따로 자야 했으니 거기에 따른 허전함, 쓸쓸함도, 럭키가 아픈데 크게 일조를 하지 않았을까 싶다.

그 주 며칠 전엔 딸네 집엘 갔더니 데리고 나가는 줄 알고 개들이 차에 먼저 올라타기에 오늘은 안 되고 다음에 데리고 가겠다고 약속하고는 돌아왔다. 그러고 나서 다시 딸네 집을 찾았다. 그날은 약속대로 개들을 차에 태우고 공원으로 갔다. 공원에 풀어 놓으니 럭키가 기운이 없어 잘 걷지는 못해도 그런대로 따라다니기에 사진이나 몇 장 찍어 준다고 의자에 앉혀 놓고 사진을 찍었다.

내가 딸네 집엘 다녀오고 며칠 있다가 들으니 럭키가 또 병원을 갔다는 것이다. 이번엔 럭키가 기운이 너무 없어 병원에 입원을 시켰다고 하기에 이번에도 "노환일 텐데 뭘 입원까지 시켰느냐"고 말했다. 작은딸이 입원해서 검사를 해 보고 수술을 해야 할지 말지를 결정해야 한다고 하기에 딸들의 마음이 거기까지 갔네! 지켜볼 수밖에 없었다.

럭키가 병원에서 2박 3일 있으면서 링거 주사까지 맞고 집으로 왔다고 나보고 집으로 와서 봐 줄 수 있겠느냐고 해서 달려갔다. 럭키가 그때는 기력이 다했는지 다리에 힘도 없고 볼일을 보는 것도 힘에 겨운지 힘들어 보였다. 딸이 옆에 있다가 먹지를 못하니 오줌도 똥도 거의 보지를 못 한다고 뒤뜰에 내어놓았던 럭키를 다시 안고 들어 왔다.

딸네 집에 가서 보니 럭키 간병을 하기 위해 샀는지 약방에서나 쓰는 약 빻는 작은 기구에 주사기까지 갖다 놓고 갖은 정성을 다 기울이고 있었다. 유동식을 준비해서 주사기에 넣어 누워 있는 럭키에게 먹여 주고 딸은 출근을 했다. 그런데 럭키를 입원시키고 다음 날인가 작은딸이 전화도 없이 집으로 왔다. 심각하고도 근심 어린 표정으로 앉아 있기에 무슨 일이냐고 물었다. 딸은 병원에서 럭키가 며칠 못 살 것 같으니 퇴원을 하든지, 아니면 안락사를 시킬지 결정을 해야 한다고 해서 왔다며 내 생각은 어떤지를 묻는 것이었다. 그래서 내가 단박에 '안락사'는 안 된다며 집에서 보내 주자고 그렇게 하자고 했다.

딸들은 이미 그간의 상황을 둘이 얘기를 하고 며칠 고통 속에서 살다 가느니, 안락사를 시키는 것도 럭키를 편하게 보내는 방법일 수 있다고 생각한 모양이었다. 딸들이 의견을 그렇게 모으긴 했지만, 엄마인 내게 얘기를 해야 한다 싶어 슬프고도 침울한 심정이 되어 내게 와 묻는 것으로 보였다. 작은딸은 다음 날 아침 자기 집으로 11시까지 오라고 했다. 출근을 해야 하는데 그사이 혼자 있다가 죽을지도 모른다고 잠시도 곁을 비우지 않는 눈치였다.

딸네 집에 도착해서 럭키를 살피며 이름을 부르니 겨우 고개를 드는데 이내 눈을 감았다. 딸은 슬리핑백을 갖다 놓고 럭키 옆에서 자는 듯했다. 혹시 마지막 가는 순간을 놓칠세라 엄마까지 불렀는데 자칫 놓치기라도 하면 어쩌나 싶어 나도 럭키를 수시로 살폈다. "럭키야, 엄마 알아보겠니?" 하며 쓰다듬으면 눈까풀이 파르르 떨리면서 숨을 가늘게 쉬고 있었다. 그래도 그날은 누워 있다가 때론 다른 잠자리로 들어가 누워 있기도 했다.

그날은 작은딸 집에 11시에 갔다가 오후 5시에 거실에 불을 하나 켜놓고 나왔다. 딸이 집에 돌아올 밤 10시까지는 5시간 동안 개들만 있어야 했다. 딸과 난 그 사이 럭키가 살아 있기만을 바라는 마음이었다. 다음 날 내가 가야 하느냐고 딸에게 전화를 했더니 괜찮다며 집에 있을 것이라고 했다. 그러기를 하루 지나서 아침에 전화가 왔다. 럭키가 갔다고.

내가 전화를 9시에 받고 1시쯤 딸네 집에 도착했다. 럭키는 제 침대에 얇은 이불까지 덮고 자는 듯 누워 있었다. 럭키를 살펴보니 혀가 입 밖으로 조금 나와 있었다. 평소에도 럭키가 혀를 내밀고 있어 럭키가 혀를 내밀고 있다고 하면 큰딸이 옆에 있다가 이가 없어 혀가 나와 있는 것이라고 했다.

난 이미 죽어 몸이 굳어있는 럭키를 쓰다듬으며 옆에서 그렇게 보살펴 주었는데 조금 더 살지, 그래도 새끼를 두 번이나 낳고 그 정도 살았으면 나쁘지 않았다며 딸을 쳐다보았다. 밤새 소파에서 럭키를 지키며 잤겠지 싶은데 얼마나 울었는지 눈이 많이 부어 있었다.

럭키가 죽고 몇 시간이나 지났는데 그때까지도 집안에 그대로 있기에 삼순이 죽었을 때는 남편이 바로 싸서 밖으로 내다 놓았던 것이 떠올랐다. 럭키를 그렇게 보내 놓고 딸은 아무것도 먹지 않았다. 나는 국물을 좀 끓여 놓고 뭘 좀 먹고 기운을 차리라고 했다. 그러고 나서 손녀딸을 픽업해야 할 것 같아 몇 시간 있다가 딸네 집을 나섰다.

동물병원엔 7시 30분에 예약해 놓았다고 한다. 내가 큰딸과 같이 작은딸 집에 도착한 시각이 6시 40분이었다. 그때까지 럭키는 그 자리에 그냥 있었다. 옆에 빈 박스도 갖다 놓긴 했어도 차마 거기에 담을 수도 없었던가 보다. 제 침대에 뉘여 있는 채로 작은딸이 럭키를 안고 차에 올랐다. 동물병원에 도착해서 안치실로 들어가기 전 간호사는 "마지막 인사를 여유 있게 하라"고 말하면서 간호사가 들어갔다. 안치실로 들어가기 전 작은딸을 쳐다보니 얼굴에 경련이 일었다. 나와 큰딸은 "럭키, 잘 가." 하며 인사를 했지만, 작은딸은 그 순간 럭키가 더 불쌍하고 측은한 마음이 솟구치는지 입까지 갖다 대며 마지막 인사를 하고 있었다.

그렇게 새끼들의 아비인 럭키도 세상을 떠났다.

석별(惜別)의 피크닉

어느 날, 개들을 데리고 산책하다가 한국 사람 2명을 만났다. 그분들은 개를 좋아한다며 첫 만남부터 마음이 통하는 듯했다. 그때가 이민 오신 지 얼마 되지 않았다며 두 사람은 모녀지간이라고 했다.

몇 번 만나면서 우린 호칭을 정하기로 했다. 알고 보니 나와 성씨가 같았고 나 보다는 12살이 많았다. 그래서 주로 형님, 아우라고 부르다가 기르시던 개 이름이 아롱이라고 해서 우리 애들하고는 아롱이 할머니, 나는 개들의 어미인 삼순이 엄마로 통한다.

그분은 한국에서 오랫동안 개를 키우셨다고 한다. 나랑 만났을 때는 개를 키우지 않고 있었기에 우리 개들을 무척이나 좋아하셨다. 상황이 그렇다 보니, 혼자 다닐 때보다 같이 다니는 것이 더 즐겁기도 해서 평소보다 더 자주 나가게 됐다. 그러는 사이 삼순이가 새끼를 두 번이나 낳아 키우는 개가 7마리로 늘어났다.

아롱이 할머니는 개들을 엄청 좋아하셨다. 이제는 산책 다니는 것을 넘어서서 나를 좀 도와주려는 마음이 더 크셨을 것 같다. 일주일에 한 번은 개 2~3마리 데려다 목욕까지 시켜 주셨다. 하지만 해가 갈수록 힘에 부치셨는지 지금은 1~ 2마리 목욕을 시켜 주신다. 그래도 1마리는 거의 매주 데리고 가셨다. 그런 분위기에 익숙해지다 보니 개들은 내가 산책을 나가는 줄 알면 빨리 나가자고 보챈다. 신바람이 나서 콧노래라도 부르는 듯이 좋아한다. 개들이 아롱이 할머니를 얼마나 좋아하는지 집을 나서서 찻길을 건너서면서부터는 아예 할머니 집 방향으로 나를 끌고 간다. 때 맞춰 멀리서 할머니가 오실 것 같으면 걸음이 빨라져 나는 줄을 잡고 갈 수가 없었다. 그래서 주변에 다른 개들이 없어 안전하겠다 싶으면 아예 줄을 놓아 준다. 그러면 한걸음에 달려가곤 했다.

그렇게 산책을 다닌 지도 어느덧 10년 세월이 되어 온다. 그런데 이젠 내가 이사를 가게 되어 더 이상 할머니와의 정겨운 산책을 할 수 없게 됐다.

오늘은 평소에 차를 타고 다니는 20분 거리의 공원엘 갔다. 처음에는 그곳까지 가려면 개 몇 마리가 멀미를 하는 듯이 '핵 핵' '헉헉'댔는데 이제는 익숙해졌는지 차를 타려면 펄쩍 뛰어오른다. 공원에 도착해서 나는 개 줄을 잡고 공원 한 바퀴를 돌고 난 후 다시 차를 타고 집에서 10분 거리에 있는 다른 공원을 간다. 그곳은 평일엔 사람이 거의 없어 개들이 뛰어놀기에 좋다. 나는 그 넓은 공원에 개들을 풀어 놓는다. 그러면 개들은 서로 달리기 경주라도 하듯 달리다가 힘들면 나 잡아 봐라 술래잡기라도 하듯 뛰어논다.

이젠 그런 시간을 언제 다시 가질 수 있으려나 지난 세월을 돌아보았다. 10년 세월이 엊그제 같다. 개들이야 그 느낌을 얼마나 알기나 하려나. 난 이사를 가야 한다는 현실 앞에서 단순히 거처를 옮기는 것이면 뭐 이렇게나 아쉽고 허전할까 싶은 생각이 든다.

이번 이사는 개 3마리 중에 1마리는 내가 데리고 큰딸네로 가고, 2마리는 작은딸네로 가야 하기에 가슴앓이를 했다. 큰딸 집엔 이미 개 2마리가 있어 3마리를 다 데리고 갈 수가 없었다. 그래서 당연히 2마리는 작은딸이 데려가야 한다고 생각하고 있었는데 이사 날짜가 다가와도 작은딸에게는 아무런 언질이 없었다. 작은딸이 확실하게 데려가겠다고 하면 마음고생이

이리 심하지는 않았을 것인데, 말이 없으니 이번엔 그리 내버려 둘 것 같으면 2마리는 유기견센터나 보호시설로 보낼 것이라고 선언을 했다.

그런 지경에까지 이르고 보니 그 견공들을 어쩔꼬! 싶다. 언제 다시 이것들과 함께 동네 산책길을 거닐고, 차를 타고 공원 산책을 하려나 싶으니 오늘 산책이야말로 아쉬운 '석별의 피크닉'이네 싶어 우정 시간을 내어 두 곳을 다녀온 것이다. 평소 공원 산책은 자주 하지만 차를 타고 가는 공원엘 가는 날엔 마치도 소풍, 피크닉을 가는 마음이다. 먹을 만한 음식 한두 가지에, 커피까지 들고 나간다. 10분 거리의 공원엘 가면 돗자리를 펴고 앉아 편하게 있다가 오곤 한다.

난 가끔은 산책길에 개들을 데리고 나가지 않고 편하게 다녔으면 하는 마음도 없지 않았다. 하지만 형님과 같이 나갈 때면 개들을 두고 우리끼리 나가기가 늘 마음에 걸려 거의 언제나 개들을 데리고 같이 다녔다.

그런데 이젠 내일모레면 정들었던 산책길, 공원에서의 만남도, 아롱이 할머니와 개들이 함께할 수 없겠지, 아니, 애써 시간을 만들어 나간다 해도, 이전에 가졌던 그런 느낌, 감상은 아니겠지 싶으니 그동안 지나온 시간, 순간이 아쉬워 벌써부터 눈시울이 붉어지며 목구멍이 아려온다.

반려견을 키우면
우울증과 스트레스가 줄어든다

반려견은 마음의 상처를 감싸 주고, 우울과 스트레스를 부드럽게 녹여 내는 마법 같은 친구다. 그들의 존재는 단순한 반려동물이 아니라, 마음의 힐링사 같은 존재이다. 반려견은 우리의 정신적 건강에 긍정적인 영향을 미친다. 특히 우울증과 스트레스를 감소시키는데 도움이 된다. 이러한 효과는 다양한 방면으로 나타난다.

첫 번째로, 반려견은 무조건적인 애정을 제공함으로써 우울감을 줄이는 데 기여한다. 주인에 대해 무한한 사랑과 충성을 표현함으로써 안정감과 위로를 준다. 주인이 힘들거나 우울할 때에도 곁에 머무르며 몸으로 애정을 표현한다. 이것이 주인의 마음을 따뜻하게 만든다. 이러한 무조건적인 지지는 우울증으로 인한 쓰라린 감정을 완화하고, 정서적인 안정감을 제공한다.

두 번째로, 반려견과의 상호작용은 스트레스를 감소시키는 데 효과적이다. 반려견은 놀이나 산책을 통해 주인과 상호작용한다. 이는 스트레스 호르몬인 코르티솔의 분비를 감소시키고, 대신 쾌감을 증가시킨다. 반려견과 함께하면 긍정적인 기분을 되어 스트레스와 긴장을 해소하는 데 도움이 된다. 또한 대화나 손길을 통해 우리의 심리적인 부담을 경감시켜 주며, 정서적인 안정을 가져다준다.

세 번째로, 반려견은 일상적인 운동을 촉진함으로써 우울증과 스트레스를 줄이는 데 도움이 된다. 반려견과의 산책이나 뛰어놀기는 주인에게 정기적인 운동을 제공하며, 이는 세로토닌과 엔도르핀과 같은 기분을 개선하는 호르몬의 분비를 촉진시킨다. 이런 물리적 활동분만 아니라 심리적으로도 치유 효과를 가져다주어, 우울증과 스트레스에 대한 대처력을 향상시켜 준다.

종합하면, 반려견은 무조건적인 애정, 상호작용, 그리고 정기적인 운동을 통해 우리의 정신적 건강을 지원하는데 기여한다. 이러한 측면들은 우울증과 스트레스를 감소시켜 주며, 반려견과의 교감은 주인에게 정서적인 안정과 행복을 제공하는 중요한 역할을 한다.

3부

벼락아, 잘 가

금동이와 짱아가 아프대요

 남편을 떠나 보내고 작은딸마저 시집보내고 나니 혼자 살기가 외롭고 쓸쓸해 살던 집을 정리하고 큰딸 집으로 이쁜이를 데리고 들어갔다. 거처를 옮긴 후 얼마 지나 이쁜이와 산책을 나가면서 큰딸이 키우고 있는 금동이와 짱아도 데리고 나가려고 했다. 그랬더니 큰딸이 "엄마가 너무 힘이 들어 안 된다"며 이쁜이 1마리만 데리고 나가라는 거였다. 나는 금동이와 짱아한테 미안한 마음이 들었지만 우선은 딸의 말을 들어야 할 것같아 이쁜이만 데리고 나갔다.

 그런 일이 있고 나서부터 산책을 나가려 이쁜이 줄을 잡고 있으면 금동이와 짱아가 나가겠다고 나섰다. 그때마다 너희들은 집에 있으라고 몇 번을 저지하자 이제는 포기했는지 아예나가지 않는 줄 알고 얌전히 앉아 쳐다보기만 한다.

그런데 언제부터인지는 모르겠지만 금동이가 바닥에 오줌을 흘리기 시작했다. 때로는 안에서 실례를 하기도 했다. 오줌을 방울방울 떨어뜨리는 식이다. 식구들이 들어오다가 '이게, 웬 오줌인가'라며 누가 그랬을까 싶어 걱정되어 유심히 살펴보았다. 금동이가 저지른 실수가 분명한 것 같았다.

금동이는 밖으로 내어놓으면 오줌을 한참 보는데 점차 안에서 그런 실례를 하는 횟수가 많아졌다. 딸아이가 걱정되는지 금동이를 데리고 병원을 찾았다. 병원에서는 금동이가 요로에 결석이 생겨서 그렇다며 하루 이틀 지켜보다가 계속 오줌을 잘 누지 못하면 바로 수술을 해야 한다면서 수술날짜를 받았다고 한다.

수술하기 전 하루 이틀 동안은 별 고통 없이 오줌을 누는 것 같아 다행이다 싶었으나 엑스레이를 찍어보니 요로에 돌이 6개나 있더라고 한다. 더 이상 묻고 싶지 않았지만, 치료비가 많이 들 것 같아 "수술비가 비쌀 텐데." 하고 말했더니 묻지 말라고 한다. 드디어 수술하는 날, 딸이 금동이를 데리고 병원엘 갔다. 수술을 하고 몇 시간 만에 집으로 데리고 왔는데 머리엔 고깔을 쓰고 힘없이 앉아 있었다.

다음 날 딸아이가 나가면서 금동이 밥을 먹이고 나갔는지 현관 앞에 몇 군데 토해 놨다. 큰딸은 "수술할 때 돌이 하나가

난 금동이예요

빠지지 않아 한 번 더 가야 한다"라고 말하면서 금동이를 데리고 병원을 갔다 오더니 꼭 녹두알 크기의 돌을 조그만 통에 담아 갖고 왔다. 딸아이가 그것을 나와 사위한테 보여 주며 "이런 것이 있었으니 오줌을 제대로 볼 수가 있었겠느냐고 망치로 깨부수고 싶다"고 하는 것이었다. 딸이 그런 말을 하는 것은 돌이 어떻게 생겨서 금동이가 마취까지 하며 수술을 했나 그것이 화가 나는 모양이었다.

금동이가 수술을 해서 그런지 힘이 들어보였다. 나는 먹지를 못해 기운이 없을 것 같아 미역국에 들어간 고기를 몇 점 주었다. 그 모습을 보던 딸이 "내일은 병원에 가서 링거를 맞혀야겠다"라는 말에 나는 할 말을 잃었다. 나 같았으면 그럭저럭 키우고 말았을 것을 딸 내외는 불평 한마디 하지 않았다. 사위 역시 금동이가 수술을 하고 온 날 집엘 들어서며 "금동이 수술 잘했느냐"고 물으니 딸 내외는 개들도 참 소홀히 하지 않네! 내가 감동할 때가 많다.

어디 금동이 뿐인가. 짱아 역시 얼마 전부터 '깨갱깨갱' 앓는 소리를 내서 병원에 데리고 갔다. 엑스레이로는 아무런 이상이 없다며 식구들의 관심을 끌기 위해서 보일 수 있는 행동이라고 했단다. 이쁜이는 아무런 이상이 없는 것 같은데, 짱아가 그리 하는 걸 보면 짱아는 '처음부터 복강경 수술을 시켜 주었기에 그에 따른 후유증이 생긴 게 아닌가.' 하는 생각이 들었다. 식구들이 금동이만 신경 쓰는 것 같아 그런 데서 오는 애정결핍이나 욕구불만이 아닌가도 싶다.

큰딸이 키우는 벼락이는 물론 금동이와 짱아도 해마다 예방주사는 물론이요, 벼락이와 금동이는 비용도 만만치 않게 드는 수술을 한두 번씩 했건만, 내가 키우고 있는 이쁜이는 예방주사도 맞춘 지가 몇 년이나 됐다. 개들도 환경에 따라 적응을 하는 모양이다. 모쪼록 이쁜이가 아프지 않고 행복하게 살아 줬으면 하는 마음 간절하다.

금동이의 콧바람

큰딸 친구 은혜가 서울에서 아들(9살)을 데리고 캐나다에 왔다. 2주간 예정으로 왔으나 나하고 시간을 맞추기가 쉽지 않을 것 같아 다음 날 호수공원을 그들과 같이 가기로 했다.

그들은 오전에 쇼핑몰에서 볼일을 보고 나와 12시쯤 만나기로 했다. 일기예보는 비 소식이 있었으나 소나기 한 줄금 올 것이라 기대하며 난 김밥을 쌌다. 남편이 내게 전화를 해서 "비가 온다는데 나갈 수 있겠느냐"고 했다. 난 "비가 와도 많이 오지 않을 것이니 나갈 예정이다"라고 말했다.

김밥은 이미 다 준비를 해 놨는데 아닌 게 아니라 비가 오기 시작했다. 비가 바로 그치지 않으면 일정을 어떻게 해야 하나 신경을 써 둬야 할 것 같았다. 밖으로 나가기로 약속했으나 비가 오니 나갈 수도 없고, 그렇다고 음식점으로 가기도 내키지 않고, 우리 집으로 오라고 하려니 그것도 번거롭고, 오늘 하루 어떻게 보내야 하나 시큰둥해지는 마음이었다.

큰딸도 밖으로 나갔다가 비가 오니 마음이 쓰였든지 "어떻게 하면 좋겠느냐?"고 전화가 왔다. 난 비가 많이 오지 않을 것 같으니 일단 계획한 대로 공원으로 가자고 했다. 딸아이가 서진(손녀)이와 은혜, 은혜 아들 아루랑 만나기로 한 주차장으로 왔다. 은혜야 이미 초등학교 때부터 봤으니 알고 있었지만, 그 아들을 보는 순간 '풀꽃 소년'같은 인상이었다. 엄마나 아빠보다도 한층 돋보이는, 그것도 맑고 밝고 구김 없이 자연스러운 표정이 참 맘에 들었다.

나는 딸 차에 탔다. 이미 날씨는 햇빛이 나기 시작했다. 공원에 도착할 즈음 비가 그치기 시작하면서 이내 햇빛이 나 주변의 공기는 한층 더 싱그러웠다.

우리는 우선 밥부터 먹자고 하며 호수가 바로 보이는 앞이 탁 트인 곳에 자리를 잡고 앉았다. 아이들과 같이 밥도 먹고, 사진도 찍고, 캐나다의 멋진 풍경을 감상하면서 공원을 한 바퀴 도는 동안 이미 날씨가 한 부조 하네 싶게 비는 완전히 그쳤다.

아이들은 다음 날 3박 4일 일정으로 캠핑을 가기로 했다고 한다. 큰딸과 은혜 두 아이가 먼저 떠나고, 벼락이와 짱아는 내

 짱아 새 목걸이 했어요

벼락이 새 침대

게 맡기고 세환(사위)이가 금동이만 데리고 가기로 했단다. 왜 차 한 대로 가지 않았느냐고 하니 짐도 있고 금동이까지 데리고 가려 그리 했다는 것이다. 큰딸 내외는 밖에 나가는 걸 엄청 좋아해서 밖엘 나갈 때면 개 3마리를 번갈아 가며 데리고 나간다. 그런데 이번엔 은혜 아들 아루의 의견을 십분 반영한 것인지 개 3마리 중 금동이만 데리고 가는 것이었다.

금동이는 사람으로 치면 순하고 착해 식구들도 잘 챙겨 주는 인심 좋은 오빠 같은 타입이다. 벼락이는 나이 들어 같이 놀기보다는 보살펴 줘야 할 형편이고, 짱아도 공주 기질이 있어서 같이 놀기보다는 새침데기처럼 굴 테니 같이 노는 게 신통치 않다. 두루두루 금동이가 제격인 모양이다.

금동이가 서진이와 아루랑 어떤 추억, 순간을 만들어 가려나 궁금해졌다. 금동이가 콧바람 쐬는 것 이상으로 즐거운 시간이었으면 참 좋겠다.

마지막 상봉이려나

가끔 나는 큰딸에게 점심 같이 먹자고 부르면서 손녀를 데이케어에 맡기고 이내 오라고 한다. 그러면 대부분 왔다 가기도 하는데 얼마 전에는 전화를 했더니 집에 있어야 한다고 하기에 이유를 물었다. 벼락이가 많이 아파 갈 수가 없다는 거였다.

얼마 전에도 날씨가 더워서 그런지 벼락이가 기운이 없어 보여 집을 나오면서 아예 에어컨을 켜 놓고 왔다고 들었다. 또 그전에는 벼락이 침대를 새로 장만해 주려고 월마트를 간다고 하는 이야기도 들었다. 난 이따금 딸아이가 제 자식은 물론이요, 개들한테 쏟는 정이 각별하다 싶어 기특한 마음이 들기도 했지만, 잠시나마 나를 돌아보는 시간이 되기도 했다.

몇 달 전에도 벼락이 입 냄새가 많이 나서 수술을 해 줬다고 한다. 그것도 비용을 천 불 넘게 들여서 말이다. 그 얘기를 들는 순간에도 딸아이가 벼락이에게 쏟는 애정을 감지할 수 있어 '그랬구나!' 하며 딸아이의 마음을 가늠해 보았다.

벼락이가 기운이 없는 것 같아 집에 같이 있어야 한다는 말을 듣고 며칠이 지났다. 큰딸이 벼락이가 아파서 응급실에 갔다 왔다고 한다. 벼락이 몸 상태가 좋지 않아 평소 다니던 동물병원을 갔는데 그곳의 수의사가 하는 말이, "벼락이가 혈루암이라 큰 병원으로 데려가야 한다"고 했단다. 그래서 큰 병원에 가서 다시 진찰한 결과, "수술을 하다가 죽을 수도 있으니, 그렇게 되면 안락사를 시켜야 한다며 식구들이 상의를 해서 결정을 하라고 했다"고 한다. 마침 작은딸도 같이 갔다가 그런 황당하고도 슬픈 얘기를 듣고는 둘이 상의를 했는지 '어차피 살아날 가망도 없는 수술을 하다가 죽음을 맞게 하느니 그냥 집으로 데리고 왔다'고 한다.

전혀 예상도 못하고 있었던 큰딸은 그 얘기를 듣고 너무 놀라 뭘 어찌해야 할지 모르고 있었는데, 그런 사실을 들어 알고 있던 작은딸이 인터넷을 뒤져 개 혈루암에 좋다는 약과 음식을 찾아내어 그날로 벼락이 간호작전에 들어갔다.

난 큰딸이 집에 오지 못하는 이유가 벼락이의 혈루암이라는 말을 듣고는 당장 큰딸 집으로 가 봐야 할 것 같았다. 그래서 혈루암에 좋다는 음식인 연근, 고등어, 쇠고기 삶은 것을 준

감자 지키는 벼락

비해서 갔다. 혹시라도 마지막이 될지도 모르니 딸들의 마음을 헤아리고 어루만져 주고 싶었다. 평소 벼락이가 잘 먹을 수 없었던, 사람이 먹는 음식으로 먹여 볼까 싶었다. 그렇게 해서 조금이라도 수명연장을 할 수 있다면 서둘러야 했다.

다음 날 딸네 집에 가서 벼락이를 살펴보았다. 배 아랫부분이 벌겋게 비쳐 보였다. 순간 사람이 저 정도라면 얼마나 아팠을까, 고통스러워하는 모습을 지켜봐야 하는 식구들도 얼마나 가슴이 저려올까 너무도 마음이 찡해 왔다. 그런데 벼락이는 아픈 기색 하나도 없이 기운만 없어 보였다. 벼락이의 아픈 소식을 전해 들은 큰딸 친구들도 벼락이가 먹을 만한 먹거리를 사 들고 온다고 한다. 평소엔 주로 개 사료만을 먹다가 몸 상태가 좋지 않은데 기름진 것을 너무 먹기 때문인지 설사를 자주 해서 기운이 더 없다고 한다.

며칠 전에도 벼락이와 같이 바람 좀 쐴까 싶어 딸네 집엘 들렀다. 벼락이가 기운이 하나도 없이 선한 눈빛으로 나를 쳐다보기에 '벼락아, 맛있는 거 더 먹고 조금 더 살아야지.' 하며 벌겋던 배 부분을 살펴보았다. 조금 엷어 보이기는 했으나 딸아이는 벼락이가 살 날이 많지 않았음을 알고 잠시도 집에 혼자 두려고 하지 않는 눈치였다.

큰딸이 벼락이와 같이한 세월이 16년 가까이 되니, 왜 애틋

하지 않을까. 벼락이가 아픈 것도 마음이 싸하고 아픈데 딸아이의 마음은 오죽하겠나 싶다. 난 그것이 더 아프고 신경이 쓰였다.

보은 견(犬)

우리는 살면서 누구인가에게 도움이나 은혜를 입었을 때는 고마워서 베풀어 준 상대에게 무엇으로든 갚아야지 하는 마음이 생김은 인지상정이다. 사람이야 그 고마움을 말로 표현하거나 행동으로, 아니면 물질을 통해 전달할 방법이 꽤 많다. 하지만 우리가 흔히 얘기하는 충견은 그 마음을 어떻게 표현하는 것일까?

우리 인간도 부모의 은혜를 알고 부모에게 잘해야지, 효도해야지 해서 실질적으로 부모에게 잘하는 자식이 있는가 하면, 부모의 마음, 고마움에 대해 생각도 못하는 자식들도 있다. 그런저런 것들은 부모와 자식 사이에 말을 통해 알기보다는 행동을 보고 가늠하기도, 유추하기도 하여 마음에 담는다. 그러기에 부모와 자식 사이엔 눈빛만 봐도 그 마음을 안다고 말한다. 큰딸이 벼락이를 결혼하기 전부터 키웠으니 키운 지가 16년 가까이 된다. 그야말로 말하지 않아도 벼락이 마음을 알 것 같다.

벼락이가 암 선고를 받고 난 후에는 기운이 없나보다. 평소에는 거의 볼일을 볼 때만 주방 뒷문으로 나가곤 했는데 며칠 전에는 비실비실하면서 현관으로 나가더란다. 왜 그럴까? 따라서 나가 봤더니 큰딸아이 친구 은상이가 저쪽에서 걸어오고 있더란다. 은상이는 사위가 집으로 들어오는 길에 서브웨이 정류장에서 태우고 오기로 사전에 약속이 돼 있어 기다리고 있었는데 걸어서 왔다고 한다. 신기한 것은 벼락이의 청각능력이라고 해야 하나, 아파서 기운도 없는데 그 소리는 어찌 감지를 하고 먼저 마중 나가듯 했는지 둘이 감동, 감격했다고 한다.

어디 그뿐인가. 큰딸이 해산하기 전날, 벼락이가 큰딸아이 침대 옆에서 자고 있었다는 거였다. 평소에 개들은 가림막을 열어 줘야 방으로 들어올 수 있는데 그날은 어찌 된 일인지 '가림막을 열어 주지 않았는데 큰딸아이 방 침대 옆에서 자고 있었다'라며 벼락이가 미리 산기를 알고 그리 한 것이 아닐까 그 또한 감동인 모양이었다.

그보다 더한 것은 큰딸이 결혼하기 전, 큰사위 부모가 콘도를 미리 하나 장만해 줬다. 그런데 큰딸은 처음부터 콘도엔 살 마음이 없었다. 결혼하면서 개 3마리를 데리고 가야 했으니, 콘도보다는 주택으로 이사를 해야 한다고 생각했던 모양이다. 다행히 콘도를 팔아 하우스로 이사를 하고 난 후 결혼을 했다. 그러고 보면 모든 일들이 술술 풀리는 이유가 벼락이를 비롯한 개들의 '예견^{豫見}된 보은^{報恩}이 아닐까.' 하는 생각이 든다. 과연 그때 개들이 아니었으면 콘도를 팔고 주택으로 옮길 생각을 했을까.

그때 시어머님이 "새 콘도인데 왜 그곳에서 살지 않고 주택으로 가느냐"고 못마땅하다는 듯 얘기를 했다고 한다. 아마 시어머니의 심중을 충분히 알고 이해를 한다고 해도, 그 자리에서 개들 때문이라고는 차마 말을 하지 못했을 것이다.

지금은 주택가격이 워낙 많이 올라 그때 개들이 아니었어도 주택으로 옮겼을까. 그래도 그것만큼은 '벼락이의 누나에 대한 고마움, 사랑'의 표현으로, 보이지 않는 힘을 보탠 것이라 난 생각한다.

벼락아! 안녕, 잘 가

벼락이가 암 진단을 받은 후 큰딸은 잠시도 벼락이 곁을 비우려 하지 않았다. 살날이 멀지 않았음을 알기에 혼자 있다가 죽음을 맞을까 싶어 그게 걱정이 되는 모양이다. 벼락이에 대한 마지막으로 쏟는 애정이 아닌가 싶다.

나는 그런 딸의 마음을 알고 있기에 벼락이 데리고 공원이나 가자고 전화를 했다. 그날은 벼락이 몸 상태도 괜찮다고 해서 우린 셋이서 공원으로 나갔다. 공원에 도착해 쉴 만한 벤치를 찾아 앉아 싸갖고 간 카스텔라를 먹으며 이야기를 나누었다. 벼락이도 먹으려나 싶어 준비해 간 수박을 한쪽 주었다. 그런데 먹지를 않고 우리가 앉은 벤치 밑으로 가서 엎드리는 거였다. 내가 카스텔라를 먹으니 그것을 달라는 눈빛이었다. 나는 조금 떼어 벼락이에게 주었다. 벼락이는 맛있게 먹으며 더

나는야 눈 속의 왕자님

달라고 했다. 옆에 있던 딸이 빵은 탄수화물이어서 암세포가 그것을 먹고 산다며 더 이상 주지 말라고 했다. 딸의 말에 벼락이가 맛있게 먹기도 하고, 또 먹고 싶어 하니 조금만 더 주자며 조금씩 떼어 두어 번 더 주었다.

우린 그곳에서 있다가 집으로 오며 커피숍 앞에 차를 세우고 커피를 사서 차 안에서 마셨다. 벼락이를 차에 혼자 둘 수가 없었기 때문이다. 우리가 커피를 마시는 동안 벼락이는 편안한 얼굴로 얌전하게 앉아 있었다. 집으로 가는 동안 벼락이는 차에서 앉지를 않고 우리 둘 사이에 얼굴을 내밀 듯하고는 즐거운 표정을 짓고 있었다. 나는 그런 벼락이에게 말했다.

"벼락아, 자리에 앉아 있어 힘들지 않아?"

염려스러워 얘기를 해도 벼락이는 그대로 자리에 서 있는 것이었다. 벼락이는 차도 탈 줄 모르더니 이젠 차 타는 것도 좋아한다며 딸과 얘기를 주고받았다. 그렇게 딸과 이야기를 주고받는 사이 집에 도착했다. 벼락이가 기운이 없어 보인다며 딸아이가 안고 내려 주었다. 벼락이는 정말 힘이 들었던지 차에서 내리자마자 바닥에 그대로 엎드리는 거였다. 그런 벼락이를 뒤로 하고 난 가게로 왔다.

일을 끝내고 집으로 가서 늦은 저녁을 먹고 편하게 앉아 TV를 보고 있었다. 자정이 조금 넘어 전화벨 소리가 울렸다. 순간

긴장이 되어 수화기를 드니 큰딸의 전화였다.

"벼락이가 갔어."

나는 딸아이의 슬픔에 잠긴 목소리를 들으며 "그래, 갔어? 그랬어?" 하며 내일 가겠다고 하며 전화를 끊었다. 남편도 나도 예상은 하고 있었지만, 그렇게 빨리 가다니 측은한 마음에 가슴이 찡해 왔다. 좀 더, 조금만이라도 하는 우리의 바람보다 조금 더 빨리 떠났다.

다음 날 아침, 오지 말라는 딸의 말은 들을 필요도 없이 급하게 김밥을 싸 들고 집을 나섰다. 벼락이의 암 선고를 받은 이후 식구들 먹는 건 뒷전으로 하고 벼락이만 신경을 썼던 걸 안다. 그렇게 애정을 쏟고 애틋하게 살핀 벼락이가 갔으니 밥조차 먹지 못할 걸 알기 때문이다.

딸네 집에 도착해서 딸아이가 인도하는 대로 안방으로 가니, 벼락이가 제 침대에 자는 듯 누워 있었다. 난 벼락이를 만지며 자는 것 같다며 그렇게도, 이렇게도, 곱게 삶을 마감할 수가 있는지 삼순이와 비교가 되었다.

삼순이는 죽었을 때 보니 며칠 사이에 뼈만 남았네 싶었다. 하지만 벼락이는 평소 그대로였다. 딸이 옆에 있다가 배설을 못 해서 그렇다고 한다. 몸집도 그대로였지만 그야말로 그동안 잘 먹어서 그런지 털이 윤기가 돌았다. 딸아이는 이미 울어서 눈도 얼굴도 부은 상태였다. 타월에 곱게 싼 벼락이를 벼락이 침대에 잘 받쳐 들고 나가서 차에 실었다. 가는 길에 작은딸이 사는 콘도에 들러 작은딸을 태우고 세 모녀가 동물병원으로 향했다.

그날따라 병원에 예약되어 있는 개들이 많아 우리 차례가 되기까지는 한 시간이 걸렸다. 벼락이 체중을 재고 난 후 작은딸이 내내 안고 있다가 마지막 인사를 하라는 간호사의 말을 듣고 큰딸이 벼락이를 받아 안았다. 작은딸과 나도 벼락이에게 다가가 마지막으로 자는 듯 안겨있는 벼락이를 보고 말했다.

"벼락아, 잘 가."

그 순간 큰딸의 마음이 어떤가 싶어 내내 신경이 쓰였다. 우리는 벼락이와의 16년이란 만남을 뒤로하고 그렇게 보냈다. 우린 서로 차 한 잔 할 마음의 여유도 없이 각자의 생활 속으로 접어들었다. 나나 작은딸보다도 큰딸은 벼락이에 대한 사랑이 더더욱 각별했기에 한동안은 보고 싶고, 그리워 싸한 그리움을 안고 있겠지 말도 꺼내기 어려웠다.

벼락아, 잘 가! 선한 눈빛으로, 좋아하는 감정이 그득 묻어난, 특히 큰딸을 바라보는 눈은 말 그대로 꿀이 뚝뚝 떨어졌다. 그런 눈빛으로 쳐다보던 벼락이의 모습이 아직도 눈에 선하다.

보고픔이 그리움 되네

작년 크리스마스 날 식구들이 모두 큰딸 집에서 모였다. 나는 음식을 몇 가지 준비해서 큰딸 집으로 향했다. 현관을 들어서는데 금동이와 짱아가 먼저 나와서 반겼다. "금동아, 짱아야 잘 있었니?" 하며 그들을 한 번씩 쓰다듬는 순간, 벼락이의 부재가 크게 다가왔다.

딸과 같이 상차림을 하는 동안은 잠시 잊고 있다가 음식을 먹는데 금동이와 짱아가 곁에 와서 올려다보는 거였다. 그 눈을 보는 순간, 다시 또 왈칵 그 자리에 벼락이가 없음이, 보고 싶은 마음이 이런 거였네! 실감케 했다. 내가 딸네 집을 방문할 때면 개 3마리가 식탁 옆이나 밑에 앉아 먹을 것 좀 달라는 간절한 눈빛, 선명한 눈망울이 거기에 그냥 있었다. 그래서인지는 몰라도 그 순간 와락 벼락이가 보고 싶은 마음이 밀려와 손녀에게 말했다.

"서진아, 벼락이 보고 싶지, 보고 싶지 않아?"

그 말이라도 하지 않고는 견딜 수 없을 만큼 벼락이가 보고
싶었다. 그랬더니 남편이 옆에 있다가 "왜 애한테 그런 걸 묻
느냐?"며 내 말을 제어했다. 손녀는 영문을 몰라 어리둥절해하
고 있는데 큰딸은 이미 눈가가 붉게 물들고 있었다.

며칠 후, 우연히 나랑 남편, 큰딸, 벼락이가 함께 드라이브를
갔다 오던 길을 지나게 되었다. 그 순간 벼락이가 또 보고 싶어
졌다.

벼락이가 '혈루암'이란 사실을 처음 알았던 그날 큰딸은 벼
락이가 갈 날이 멀지 않았다고 하면서 벼락이 곁을 떠나지 않
고 있었다. 나 역시 벼락이가 가여워 혼자서 가슴앓이를 하며
혈루암에 좋다는 음식을 만들어 딸네 집으로 갔다. 침통해 있
는 딸도 그렇지만 벼락이 기분 전환 겸 드라이브라도 시켜 주
자고 하며 남편과 나, 큰딸 셋이서 드라이브를 다녀오던 그 길
이었다.

드라이브 하던 날 벼락이는 차에서 앉지도 않고 서서 있는
표정엔 편안하고 즐거운 기색이 역력했다. 그 모습이 가슴 시
리도록 보고 싶었다. 벼락이는 그렇게 즐거운 나들이를 하고
돌아와 그날 밤 우리 곁을 영원히 떠났다.

 물에서 놀다나온 벼락

난 생전 처음 벼락이랑 앉았던 추억의 자리가, 벼락이와 함께 했던 추억이 그리움으로 물들면 바로 이런 거였네 싶다. 벼락이가 살아 있었던 마지막 날의 모습이 그리움 되어 밀물처럼 밀려 왔다.

며칠 지나 큰딸과 같이 외식하는 중에 벼락이 얘기가 나왔다. 벼락이를 보고 싶어 하는 마음은 나보다 딸이 더 크다. 벼락이는 딸아이가 어릴 때부터 키웠기 때문이다. 한국에서 데려다 키웠으니 16년이 다 되어 간다. 그러니 오죽하랴. 벼락이가 때론 가슴 저리도록 보고 싶은 마음 말 안 해도 알 것 같다.

손녀 서진이가 아침에 데이케어에 가면서 금동이와 짱아한테 갔다 오겠다고 인사를 하면 큰딸이 손녀에게 "벼락이한데도 인사말을 하고 가"라고 했다는 말을 들으니 딸의 마음을 더더욱 알 수 있었다. 딸아이가 아직도 벼락이를 얼마나 사랑하고 있는지 알 수 있는 대목이다.

그리운 사람, 그리운 얼굴은 비록 세상을 떠났다 해도 단지 볼 수 없다는 것뿐이지 항상 곁에 있고 가슴 속에 있음을 기억하며.

칼럼 3

지금은 반려동물 시대,
알레르기 반응 줄이는 방법

현재 우리나라에서 반려동물과 같이 지내는 국내 인구가 1500만 명에 이른다. 국민 3명 중 1명 정도가 반려동물과 함께 생활하고 있다. 반려견이 586만, 반려묘가 211만으로 추산된다. 반려동물이 이렇게 급격히 늘면서 동물 알레르기로 고통 받고 있는 사람들도 늘고 있다. 위키백과에 의하면 알레르기란 면역 시스템의 오작동으로 보통 사람에게는 별 영향이 없는 물질이 어떤 사람에게만 두드러기, 가려움, 콧물, 기침 등 이상 과민 반응을 일으키는 것을 말한다.

반려견을 키우는 사람에게 알레르기가 유발하는 이유는 여러 가지가 있다. 주로 개털, 비듬, 침과 대소변 등의 물질들이 알레르기 반응을 일으킬 수 있다. 여기에는 어떤 사람들에게는 더 민감한 반응을 일으키는 개의 비듬과 각질도 포함된다. 그러나 알레르기를 줄이고 통제하기 위한 몇 가지 전략들이 있다.

첫 번째로, 개털과 피부에서 나오는 알레르기 유발 물질들을 줄이기 위해선 주기적인 목욕이 중요하다. 일주일에 한두 번 목욕시키고, 침실에서 같이 잠을 자지 않는 게 좋다. 개의 샴푸는 알레르기를 일으키지 않는 순한 제품을 선택하는 것이 좋다.

두 번째로, 반려견의 생활환경을 청결하게 유지하는 것이 중요하다. 집안 곳곳에 털이나 비듬이 쌓이지 않도록 주기적으로 청소를 하고, 침과 대소변을 신속하게 처리해야 한다. 이를 통해 알레르기 유발 물질의 증가를 방지할 수 있기 때문이다.

세 번째로, 반려견의 침구나 장난감 등을 꾸며주는데 주의를 기울여야 한다. 알레르기 유발 물질이 쉽게 흩어지는 플라스틱 장난감보다는 세라믹이나 나무로 된 장난감을 사용하고, 침구류는 세탁이 용이하고 알레르기를 일으키지 않는 소재로 선택하는 것이 좋다. 공기청정기를 사용하는 것도 도움이 될 수 있다. 공기청정기는 공기 중의 미세한 먼지와 알레르기 유발 물질을 걸러내어 집안의 공기를 깨끗하게 유지하는 데 도움이 된다.

마지막으로, 사료나 간식에 주의를 기울여야 한다. 일부 반려견은 특정한 식품 알레르기를 가질 수 있으므로, 이를 파악하고 알레르기를 일으키는 성분이 들어있는 사료를 피하는 것이 중요하다.

알레르기 증상이 발생하는 경우, 보호자는 반려견과의 상호작용을 조절하고 활동 범위를 제한해야 한다. 그래야 알레르기 반응을 최소화할 수 있기 때문이다. 특히, 반려견과의 높은 농도의 교감이 알레르기를 유발하는 경우에는 미리 예방 차원에서 주인이 마스크를 착용하거나 자주 손을 씻는 등의 조치를 취해야 한다. 만약 알레르기 증상이 지속되면 약물 치료나 특별한 알레르기 치료법을 고려해 볼 수 있다. 보호자가 알레르기에 대한 민감성을 정확히 알아내고, 전문가의 도움을 받아 알레르기 치료법을 선택한다. 근본적으로 체질을 바꾸어 알레르기 반응을 없애는 면역 치료도 시도해 볼 수 있다.

4부

딸네 집 강아지들은 애완견이요, 우리 집 강아지들은 그냥 강아지네

팔딱 강아지들도
밖으로 나오고 싶대요

　삼순이가 두 번째 낳은 강아지 새끼 4마리가 어느새 두 달이 되어 온다. 지난번 강아지들보다 얼마나 팔딱팔딱하는지 모른다. 이른 아침부터 앙앙거리고, 찍찍대고, '아아앙' 소리를 요란하게 낸다.

　새끼들 찍찍대는 소리가 시끄러워 잠자리에서 일어나 거실로 내려서면 새끼 4마리가 쇠로 만든 개집에 붙어 서서 서로 나오려고 아우성이다. 밤사이 오줌똥을 싸서 수건에 여기저기 붙여놓기 일쑤다. 우선 똥을 치우려 손을 넣으면 서로 달려들어 강아지들을 피해 손을 움직여야 한다.

　처음 몇 번은 새끼들이 찍찍대는 소리에 마음이 급해져서 젖을 먼저 먹이라고 어미인 삼순이를 넣어 주었더니, 오물을 내가 치우기도 전에 삼순이가 다 먹어 치우는 거였다. 그래서

 새끼들 일주일 되던 날

다음부터는 대충 치운 다음 삼순이를 넣어 준다. 그러면 문을 여는 순간 새끼들이 밖으로 나와서 잽싸게 밥그릇으로 달려가 그릇에 남아 있던 밥을 허겁지겁 먹는다. '얼마나 배고프면 저럴까.' 하는 생각이 들어 나는 새끼들을 어미젖이라도 먹으라고 다시 개집 안에 넣어 준다. 4마리가 젖을 힘차게 빨아 댄다.

새끼들이 젖을 빠는 양이 많기 때문인지, 아니면 어미인 삼순이가 젖이 부족해서인지 젖을 조금 물리고는 이내 밖으로 나오려고 한다. 삼순이를 밖으로 내어놓으려 개집 문을 열면 삼순이가 나오기도 전에 새끼들이 잽싸게 먼저 나온다. 양이 덜 차기도 했겠지 싶어 개밥 그릇에 물을 조금 넣고 새끼들 밥을 부어 개집 안에 다시 넣어 주면 들어가 빨리 먹기 시합이라도 하듯 후다닥 먹어 치운다. 밥을 다 먹고도 더 먹고 싶다는 듯 어느 놈은 아예 개밥 그릇에 들어가 밥 차지를 한다. 그 사이 또 먹고 났으니 여기저기 싸 놓는다.

그런 새끼들을 두고 집을 나갔다가 오후 8시쯤 들어가면 온종일 식구들을 기다리다 지쳤다는 듯 모두 짖어댄다. 새끼들도 질세라 개집에 붙어 서서 더 요란하게 소리를 낸다. 나는 집에 들어서면서 우선 내게 달려드는 강아지들부터 비스킷을 하나씩 던져 준다. 강아지들은 신바람 나게 물고 가서 먹는다. 그러다가도 내가 소파에 앉으면 개집 안에 있는 새끼들이 더는 간혀 있을 수 없다는 듯 앙앙거리며 울어댄다. 그 소리가 너무 시끄러워 개집 문을 열어주는데 그러면 작은 몸집만큼이나 날렵하게 밖으로 나와 소파 위, 식탁 밑, TV 뒤 등 좁은 공간에도 마치 술래잡기라도 하듯 재미있게 드나든다.

삼순이를 비롯한 다른 개들은 지네들끼리 놀기가 미안한지 밖으로 나온 새끼들과 같이 놀아 준다. 새끼들을 톡톡 건드리기도 하고, 살살 무는 시늉까지 하며 논다. 지난번 새끼들은 대체로 얌전했다 싶은데 이번 새끼들은 말대로 갈수록 영악해지는지 재미있다 못해 신기할 지경이다.

그렇게 거실에서 신나게 놀던 새끼들이 문이 열려있는 베란다로 나가려 발돋움까지 한다. 너무 신나고 재미있게 논다 싶어 좀 놀게 두어야겠다며, 난 주방으로 가서 밥 준비를 하는데 발에 뭐가 걸리는 듯했다. 돌아보니 어느 사이 새끼 한두 마리가 주방까지 올라온 것이다. 거실에서 주방 쪽으로 오려면 두 계단을 올라와야만 한다. 그런데 어느 사이 두 달 된 새끼들이 두 계단쯤은 무난하게 올라오는 거였다. 거실에서 놀고 있겠지 했던 새끼들이 그렇게 계단을 올라오니 부엌에서 일을 하다 자칫 잘못하면 새끼들을 밟기도 한다. 그래서 새끼들을 밟지 않도록 조심을 해야 한다.

몇 번 그렇게 밖으로 내어 주었더니 개집 안에 간혀 있을 때

보다 한결 자유롭고 재미있다 싶은지, 이젠 밥도 먹고 좀 자면 좋겠다 싶은데도 개집 안에 있지 못하고 밖으로 나오고 싶어 안달이다. 4마리가 개집에 붙어 서서 짖어대는 앙앙 소리를 듣자니 옛날 남대문시장의 옷장수 아저씨가 싸구려 옷가지를 늘어놓은 좌판에 올라서서 '잡아잡아잡아잡아'라고 소리치던 모습이 떠올랐다.

자식도 낳아 기르다 보면 첫째 아이보다 둘째가 더 영악하고 자립심도 강한 아이들이 많다. 이번 삼순이 새끼들도 지난번 새끼들보다 더 팔딱팔딱한 것 같다. 게다가 바깥세상 바깥바람이 더 재미있고 호기심이 가는 모양이다.

딸네 집 애견들과
우리 집 강아지들

개 3마리에 강아지 4마리가 되다 보니 자연스럽게 큰딸과 같이 자는 벼락이, 금동이, 짱아는 딸네 집의 애견이구나 싶다. 그런가 하면 그 셋을 뺀 나머지 견공들, 삼순이와 럭키, 이쁜이와 금비는 우리 식구, 바로 나의 강아지들인 것처럼 그런 생각이 들 때가 많다.

잠을 잘 때도, 또 밖으로 대소변을 보이러 나갈 때도 둘로 나뉘기 십상이다. 잠자리에 들 때면 벼락이와 금동이, 짱아는 큰아이 방으로 간다. 그런 강아지들이 큰딸이 집에 없으면 저희끼리 잠자리에 들기도 허전한지 내 방으로 온다. 물론 나와 같이 자는 우리 강아지들은 으레 내 방으로 오지만 말이다.

잠자리는 그렇다 해도 겨울철로 접어들면서 볼일을 볼 때도 우리 집 강아지들은 베란다로, 딸네 집 애견들은 밖으로 나간다. 날씨가 추워졌기 때문이기도 하지만 내가 게으름을 피우고 있다는 생각이 든다. 아침잠 좀 더 자고 싶기도 하고, 때로는 춥다는 핑계로 일어나자마자 베란다 문부터 열어준다. 그러면 강아지들 역시 그곳에서 볼일을 다 봤지 싶으니 밖으로 나갈 생각을 거의 하지 않는다.

그런 나에 비해 큰딸아이는 매일 개들을 데리고 밖에 나간다. 어떤 날은 하루 두 번도 나간다. 벼락이는 베란다에서 소변을 보기는 해도 대변은 꼭 밖으로 나가야만 본다. 그런 벼락이 때문에도 밖으로 데리고 나가야 하기에 금동이와 짱아를 같이 데리고 나간다.

밤늦게 밖으로 나가는 날에는 벼락이와 금동이와 짱아는 예쁘고 따뜻한 옷까지 입고 나들이를 한다. 우리 집 강아지들은 딸네 집의 애완견들을 물끄러미 보며 또 나를 쳐다본다. 밖으로 나가고 싶다는 무언의 말이다.

우리 집 강아지들만 집에 남겨진 채 밖으로 나갔던 애견들이 들어오면 속이 상해 못 견디겠다는 듯 럭키는 그들을 물기라도 할 기세로 대든다. 밖으로 옷까지 입고 나갔다 들어온 금동이와 짱아를 보며, 새삼 딸네 집의 개들은 애완견이요, 우리 집의 강아지들은 그냥 강아지들처럼 보였다.

돌이켜 생각해 보니 지난 몇 달 동안 우리 집 강아지들은 밖으로 나가 보지도 못했다. '옷가지'도 걸쳐 보지도 않았다. 옷이 확실한 임자가 있는 것이 아니니 누구든 입어도 상관없는데 밖으로 나가지 않으니 옷을 입힐 일이 없었다.

그뿐만이 아니다. 견물들을 살펴보니 딸네 집의 강아지들과 우리 집의 강아지들이 다르게 보인다. 벼락이는 다른 종자이기도 하고 털이 길어 예외로 치더라도, 딸네 집 금동이와 짱아는 부유한 집안의 아이들 같은 느낌이 드는 반면, 우리 집의 강아지들은 가난한 집의 아이들처럼 보인다. 그것은 다 같은 종자임에도 딸네 집 짱아와 금동이는 딸아이의 솜씨, 바리캉으로 밀어준 견물이요, 우리 집 강아지들은 솜씨 없는 내 손으로, 그것도 가위로 숭덩숭덩 잘라 준 털이 길어져 눈까지 덮고 있으니 가난한 집의 아이들처럼 보임은 당연한지도 모른다.

같은 환경에서 살고 있는 견공들임에도 운동을 하느냐(밖으로 나감), 안 하느냐에 따라 차이가 있는데, 털도 도시 여인들처럼 가꾸고 다듬은 모습과, 농촌에서 살며 치장 한 번 제대로 해 보지 않은 모습처럼 보이니 딸네 집의 강아지들은 말 그대로 애완견이요, 우리 집 강아지들은 그냥 강아지네 싶다.

우리 같이 자자

헤어짐은 애련(哀憐)이런가

　내가 큰딸네 집으로 들어가 살기로 결정하자 큰딸이 네 살된 손녀에게 "할머니네 개 3마리 중에서 1마리를 데리고 와야 하는데 누구를 데리고 오면 좋겠느냐?"고 물었다. 손녀는 쉽게 결정을 내리지 못하겠다는 듯 "으-음!" 하며 생각 좀 해봐야되겠다는 듯한 표정이었다고 한다.

　며칠 후 손녀가 우리 집엘 왔다. 나는 손녀에게 "서진아, 개 3마리 중에 누구를 데려가면 좋겠니?" 하고 제 어미와 같은 질문을 했다. 손녀는 개들을 1마리씩 살펴보더니 "애는 누구이고, 애는 누구냐?"며 다시금 이름을 외우면서 누구를 데려갈까, 마치 선을 보는 듯한 모양새였다. 잠시 머뭇거리더니 "3마리 다 데려가면 안 되느냐?"라고 묻기에 "엄마하고 할머니가 너무 힘이 들어 1마리만 데려가야 해"라고 말했다. 그러자 손

금동이와 서진(손녀)

녀는 반은 울음이 섞인 말투로 "노^{no}노^{no}" 하는 거였다.

우리 식구끼리는 새끼들의 아비인 럭키(13살)와 두 번째 낳은 새끼들 중 막내인 금비(10살)만 작은딸네로 보내기로 미리 결정했다. 금비는 작은 사위가 더 예뻐하는 것 같기도 하고, 이쁜이(11살)는 엄마인 나를 떠나서는 살기 힘들 것 같아서였다.

드디어 이사 가는 날이 됐다. 나는 개 3마리를 다 데리고 큰딸네로 갔다. 그러고 나서 이쁜이는 집에 두고 럭키와 금비만 데리고 다시 차에 탔다. 럭키와 금비는 엄마와 헤어지는 것도 모르고 나들이 가는 줄 아는지 재빠르게 차에 올라탔다. 차가 움직이기 시작하자 손녀딸이 이쁜이가 아니고, 금비를 자기 집에 둬야 한다며 보채기 시작했다. 엄마와 아빠, 나까지 합세해서 손녀에게 설명하고 설득해 보았지만 소용없었다. 손녀는 "이쁜이는 노, 금비! 금비!"가 집에 있어야 한다고 울어댔다.

딸 내외는 차를 세우더니 손녀를 다시 설득하기 시작했다. 이들의 모습을 보면서 부모의 마음과 주장이 우선이 아니라는 것을 다시금 느꼈다. 부모는 아이의 심경을 충분히 읽고 나서 안 되는 것은 왜 안 되는지를 아이가 이해하고 납득할 수 있도록 차분하게 얘기해 주며 기다리는 자세를 가져야 한다는 것이다. 나는 딸 내외의 어떤 상황에서도 아이의 마음이 다치지 않도록 하는 그 자세가 참 마음에 들었다. 그 모습을 지켜보며 난 내가 딸들을 키울 때는 어떠했나? 돌아보게 됐다.

내가 보기에는 손녀가 "이쁜이 노, 금비 오케이"를 주장하는 것은, 꼭 금비를 원해서이기보다는 2마리 다 같이 살고 싶은 마음이 더 크다고 생각한다. 처음부터 1마리만 된다고 다짐을 한 엄마 말을 손녀는 기억하고서는 2마리 소리는 못 하고, 금비만 부르며 우는 것으로 보였다.

전혀 예측도 하지 못한 복병이었다. 작은딸이 2마리를 데리고 가면, 난 1마리만 데리고 큰딸네로 가서 그곳에 있는 2마리와 다시 또 나의 삶이 시작될 것이라 생각했다. 그런데 손녀딸이 울고 보채기 시작해서, 제 어미가 일주일에 한 번씩 바꾸면 어떻겠느냐고 애를 달래기 시작했다. 그렇게 손녀는 울며 떼를 쓰다가 잠이 오는지 울음을 그쳤다.

그렇게 마무리가 되고 우리는 작은딸네 집에 도착했다. 난 차에 앉아 있으면서 큰딸보고 데려다 주라고 했다. 럭키와 금비는 이번에도 어디 놀러 가는 듯 가볍게 따라나섰다. 손녀는 잠이 들어 조용했다. 우린 저녁을 먹기 위해 식당으로 갔다. 음식을 주문해 놓고는 아이가 잠에서 깨어나 다시 또 금비 타령을 하면 어쩌나 내심 신경이 쓰였다. 다행스럽게도 아이는 진정이 되었는지 이쁜이, 금비 타령은 하지 않았다. 그러나 생각을 하는 눈치였다. 아이는 울고 나서 입맛도 없는지 밥은 먹지 않고 제 아빠한테 안겨 가만히 있었다. 손녀는 우리의 식사가 끝나갈 무렵 밥을 조금 먹는 듯했으나 제대로 먹지도 않아 남은 음식을 싸 갖고 음식점을 나왔다.

다음 날이 마침 일요일이어서 밥을 먹고는 손녀가 내 방으로 왔다. 이쁜이가 어떻게 생겼는지 다시 자세하게 보려는 마음도 있고, 잘 친해 봐야지 싶은지 이불을 뒤집어쓰며 이쁜이도 같이 이불을 씌워 주는 것이었다. 이쁜이와 놀아 주려는 마음이 있어 그렇게 하는 것처럼 보였다.

나는 작은딸네 집으로 간 2마리, 럭키와 금비에 관해서는 가급적이면 소식을 듣지 않으려 했다. 작은딸 같은 경우에는 혼자서 직접 개를 키워 보지 않았다. 지금부터 시작이니 어떤 고충, 어떤 말, 표정이 나오려나 보지 않아도 그려지기 때문이다. 어차피 딸이나 개들도 그 환경에 적응해 나가고, 살아 내야 하기에 애써 난 무심해지고 싶었다.

그런데 들리는 소리가 개들에게 기저귀를 채우려 하니 럭키는 뚱뚱해서 안 되고, 금비만 기저귀를 채웠다고 한다. 또 개들이 '밤새 현관문 앞에 앉아 기다린다'라는 말에 그 표정이 익히 읽혔다. 럭키와 금비는 거의 10년 넘게 나와 같이 살았다. 금비는 잠을 잘 때면 내 품에 안기듯, 아니면 등에 바짝 붙어 자곤 했다. 딸들이 결혼하고 나서 우리 집에 왔을 때 엄마인 내가 없으면 개 3마리가 주방 옆 식탁 밑에 가서 꼭 눈치를 보는 것처럼 웅크리고 있었던 것을 나는 안다. 그랬던 개들이 딸네 집에 가서 어떤 마음으로 엄마를 기다리고 있으려나 눈에 밟힌다. 마음속은 그리운 개들의 모습으로 메아리친다.

지척이 천 리라더니

　요즈음은 많지 않은 식구가 한집에 살아도 밥을 같이 먹기는커녕 얼굴조차도 보기 어렵다. 식구가 들고 나가는 시간이 다르기 때문이다.

　내가 큰딸네로 들어가 사는 지도 9개월이 지났다. 식구라고 해야 딸 내외와 나, 5살배기 손녀다. 큰딸은 오전 6시 30분에 집을 나선다. 다음 사위가 손녀와 같이 7시 40분에 집을 나가 손녀를 학교에 데려다 주고 출근을 한다. 그러고 나면 나 혼자서 아침을 챙겨 먹고 보통 오후 3~4시에 가게에 나갔다가 밤 10시가 되어야 들어온다.

　내가 집에 들어오는 시간이면 큰딸과 손녀는 둘이 저녁을 먹고 애를 재우러 들어갔다가 딸도 깜빡 잠이 들기도 한다. 그러니 한집에 살아도 큰딸과 얼굴 마주할 시간이 많지 않다는 얘기다.

사위 역시 퇴근하면 바로 집으로 가지 않고 새로 시작한 가게에 들러 6시부터 9시까지 일을 마무리하고 집에 들어오면 어떨 때는 밤 11시가 넘을 때가 있다. 사위가 그렇게 늦는 날은 나도 저녁을 먹고는 사위 얼굴도 보지 못하고 잠자리에 든다. 많지 않은 4식구가 한집에 살아도 얼굴 마주하고 얘기할 시간이 많지 않다. 그래도 큰딸과는 한집에 살고 있으니 해야 할 얘기가 있거나 보고 싶으면 그런 시간쯤이야 만들면 된다.

차로 15분, 20분 거리에 살고 있는 작은딸의 일상 역시 큰딸네와 별반 다르지 않다. 큰딸과 작은딸 시간을 같이 맞추기가 여간 어려운 게 아니다. 우리끼리야 할 얘기가 있으면 전화나 카톡으로 한다지만, 내가 큰딸네로 들어오면서 작은딸네로 보냈던 개 '2마리', 럭키와 금비가 보고 싶어도 시간을 내기가 용이하지 않다. 어느덧 헤어진 지도 9개월이 넘었건만 그사이 잠깐 얼굴만 보고 온 것이 한 번밖에 없다.

때때로 럭키와 금비가 보고 싶어 가슴이 짠해 오기도, 눈가가 붉어지건만 '지척이 천 리'라더니 바로 이를 두고 하는 말이네 싶다.

남편이 살아 있을 땐 개들을 데리고 아롱이 할머니와 10년 넘게 산책을 다녔다. 그랬으니 얼마나 개들이 보고 싶은지 목구멍이 다 매캐해 온다. 개들 역시 엄마였던 나나 아롱이 할머니를 무척 보고 싶었을 것이다. 작은딸이 결혼 전엔 개들과 같이 살았으니 남남이 아니라고 해도, 어느 날 갑자기 주인이 바뀌면서 얼마나 낯설고 외로움에 지쳤겠는가.

요즘 럭키가 아프다고 한다. 사위가 예방주사도 맞힐 겸 병원에 예약해 놓았다고 한다. 사위 말은 럭키가 나이가 있어 그렇지 않겠느냐고 한다. 하지만 나와 아롱이 할머니가 생각하기엔 럭키가 버려지고 외면당해, 아롱이 할머니와 내가 보고 싶어 마음의 병까지 깊어진 게 아닌가 그런 생각이 든다.

이역만리 머나먼 길 떨어져 사는 것도 아닌데 같은 나라 같은 도시, 멀지 않은 거리에 살고 있건만 이렇게도 얼굴 보기 어려워 럭키가 병까지 얻었네 싶다. 아들 사랑 지극하던 노모가 병명도 모른 채 시름시름 앓다가 아들이 온다는 소식에 생기를 찾았다는 말이 실감이 났다. 럭키를 만나면 주려고 좋아하는 간식까지 사 놓고 짬이 나기를 학수고대하고 있건만 나도 아직까지 일을 하고 있으니 시간 내기가 이래저래 쉽지 않다.

럭키와 금비가 무척 보고 싶다. 럭키는 내 이런 마음보다 아롱이 할머니와 내가 더 보고 싶었던 것은 아닐까. 그래서 마음의 병이 생기지 않았나 싶으니 애잔한 슬픔이 밀려온다.

여시 방구리

우리 집 견공 4마리가 성격이 각각 다르다. 럭키는 애교도 있고 생각이 많은 것처럼 보이고, 삼순이는 본래 심성이 착해 평소에도 얌전하다. 나이 탓이기도 하겠지만 적당히 양보하는 것 같아도 더 이상은 안 돼 싶으면 '컹컹' 짖으며 소기의 목적을 달성한다. 이쁜이는 샘이 많긴 한데 조금 모자란 듯한 행동을 가끔 한다.

반면 금비는 사람으로 치면 약삭빠르다 싶게 눈치가 빠르다. 금비는 막내이기도 하지만 우리와는 특별한 인연이다. 삼순이의 두 번째 출산에서 막내로 태어났다. 당시 우리는 키우고 있는 개들이 많아 남에게 분양하지 않으면 안 될 상황이었다. 삼순이가 출산한 새끼들이 모두 10마리인데 그중에서 3마리를 우리가 키우고 나머지는 다 분양했다. 새 주인을 만난 새끼들은 각자 그곳에서 잘 적응하며 자라고 있었다. 그런데 금비는 주인이 세 번씩이나 바뀌었다. 무슨 이유인지는 모르지만 다른 주인과는 살지 못해 결국 우리가 키우게 됐다. 그런 사연이 있었기에 애틋한 마음이 더 쌓여 내치지도 못한다. 정말로 특별한 인연이다.

금비는 몸피가 제일 작다. 하지만 하는 짓을 보면 '여시 방구리'네 싶은 생각이 절로 든다. 금비는 계단을 올라오는 것은 하는데 내려가지는 못한다. 그래서 꼭 안고 내려가야 한다. 안고 내려가려 가슴에 안으면 내 얼굴을 올려다본다. 어디 그뿐인가. 세면대에서 손발을 씻기려고 안으면 거울을 본다. 다른 강아지들이 하지 않는 짓을 금비가 한다.

삼순이 역시 안고 오르고 내려가야 하니 어떨 때는 삼순이를 먼저 안고 내려온다. 그러면 금비가 '엄마, 나는?' 하는 표정으로 계단 앞에 서서 내려다보고 있다. 내가 잠시 잊고 내려 주지 않으면, 내려가지 못하는 자신의 못난 모습을 더는 보이고 싶지 않다는 듯 다른 데로 가 버린다.

잠잘 때도 꼭 내 가슴팍으로 파고든다. 잠결에도 몇 번씩 내려갔다가 다시 올라온다. 다른 개들은 뚝뚝 떨어져 자는 것에 반해 금비는 어릴 때부터 꼭 가슴으로 파고들더니 이젠 등 뒤에 와서 바짝 붙는다. 때로는 내가 침대 끄트머리에 누워있으

금비야 뭘 쳐다보니?

면 올라올 공간이 없으니 엄마가 옆으로 비키든지 아니면 올려달라는 듯 팔을 살짝살짝 건드린다. 침대로 올려 주면 이번엔 내 등 뒤에 바싹 붙어 베개를 살짝 베고 눕는다. 게다가 내가 침대에 앉아 있으면 내 무릎 위로 오든지, 누워 있으면 가슴팍으로 바싹 안기듯 하며 파고든다. 나는 밤에 잠자리에 들며 비스킷을 몇 개 들고 올라온다. 금비는 내 손에 비스킷이 들려 있지 않으면 올라오지 않고 계단 아래서 말끄러미 올려다본다. 그래도 모른 척하면 손으로 나를 툭툭 치며 입맛을 다신다.

딸들과 같이 살 때였다. 저녁에 방에 들어가 보니 금비가 보이지 않았다. '어디 갔나?' 살펴보면 작은딸 방에 가서 있는 거였다. 오라고 불러도 반응이 없기에 작은딸에게 "금비 좀 데리고 자라"고 했다. 작은딸은 싫다고 하는 거였다. "금비가 너를 좋아하는 것 같은데 왜 싫으니?" 하고 물었다. 작은딸은 "간식을 주면 그걸 받아먹는 재미에 내 방에 오지만, 먹고 나면 다시 엄마에게로 간다"고 하면서 "그래서 싫다"고 한다. 그 말을 듣고 보니 금비는 역시 '여시구나!' 싶다.

영개가 더 좋아

이쁜이가 생리를 시작하고 하루 이틀 지나는 사이 금비까지 생리를 했다. 앉기만 하면 열심히 핥아 대는데도 소파, 방석, 이불, 시트 곳곳이 붉게 물들었다. 그렇게 여기저기 묻히는 그것까지는 좋은데 이쁜이와 금비가 서로 올라타려 해서 소리를 지르면 눈치를 슬금슬금 보며 서로 떨어진다.

오히려 벼락이와 럭키, 금동이는 살짝 다가가서 코를 들이대기도 하지만 올라타지는 않아 그나마 다행이었다. 꽤 여러 날이 돼도 생리가 끝이 나지 않았는지 수시로 서로가 올라타려 몸을 움직여 댄다. 이쁜이와 금비는 암놈인데도 그리하니 그것도 볼썽사납다.

그렇게 며칠이 지난 어느 날, 나는 아침 산책을 갔다가 와서 주방으로 들어가 아침 준비를 하고 나왔다. 그때 럭키와 금비가 꽁무니를 맞대고 앉아 조금은 겁먹은 얼굴로 나를 쳐다보는 거였다. 난 럭키, 금비를 부르며 드디어 일을 저지르고야 마는구나 싶어 그 자리를 피해 버렸다.

럭키와 삼순이가 제 새끼들을 알기나 할까 궁금했다. 럭키가 제 새끼인 이쁜이, 짱아, 금비와 붙기나 하면 어떻게 하나? 아무리 동물이지만 생각하는 것조차 거부감이 일었다. 그런데 그 '거북한 별꼴'이 바로 눈앞에서 벌어졌다. 개들을 여러 마리 키우다 보니 별의별 꼴을 다 본다는 생각이 들었다. 남편이 얘기하기를 둘이 한 번 붙으면 최소한 5분 내지 10분은 지나야 한다더니, 몇 번을 살그머니 다가가 쳐다봐도 그대로였다. 조금 지났다 싶어 다시 살펴봐도 또 그대로였다.

이쁜이는 마치 내게 럭키와 금비가 '나쁜 짓', 패륜을 저지르고 있음을 고해바치기라도 하려는 듯 의미 있는 시선으로 나를 쳐다보았다. 난 럭키와 금비가 그렇게 붙어 있는 것을 아무리 패륜의 현장을 목격하는 심정일지라도 강제로 떼어 놓을 수가 없었다. 그렇게 할 수도 없어 남편이 빨리 나와서 봐주기를 바랐다.

잠시 후 남편이 나와서 보고는 그냥 둘 수밖에 없겠다 싶었는지 아무 말 없이 그냥 지나치는 거였다. 드디어 '패륜의 짝짓기'가 끝났는지 럭키가 나를 쳐다보는 시선이 '엄마, 미안해 어쩔 수 없었어!' 하는 표정으로 보였다. 하지만 금비는 아직 어리기 때문인지 나를 쳐다보기가 좀 어색한 것 같아도 이내 무심한 표정이었다.

짝짓기가 끝난 후 럭키가 식탁 옆에 멀거니 앉아 있었다. 금비 역시 럭키와 조금 떨어진 곳에 가서 앉았다. 그런데 이번엔 이쁜이가 금비한테 대들었다. 마치 '나도 이렇게 참고 있는데 네가 어떻게 아빠인 럭키와 그럴 수가 있느냐, 이쁜이가 아닌, 동생인 금비가 남자인 럭키한테 선택되었다'라는 사실에 대해 화풀이하는 것처럼 보였다.

럭키도 옆에 앉아 '나도 참아 보려 무던히 애를 썼다. 이쁜이보다 한 살 어린 금비와 짝짓기를 해서 미안하다. 그래도 금비가 마음에 들어 나도 모르게 몸이 가고야 말았다'라는 표정을 지어 보였다.

잠시 셋의 행동거지가 그런가 싶더니, 거실로 내려가서는 금비와 이쁜이가 서로 할퀴듯 소리까지 질러대며 싸우는 거였다. 그러더니 이번엔 금비가 피아노 밑에 엎드려 있는 럭키 옆으로 다가가 앉았다. 그 모습은 럭키와 삼순이가 짝짓기 이후, 부부는 마치 그렇게 해야 한다는 듯 둘이 나란히 앉아 있던 모습과 너무 흡사했다.

다음 번 생리 기간엔 과연 셋의 관계가 어떻게 전개될지 걱정스럽다. 이쁜이가 럭키한테 선택, 사랑받지 못했다는 상처가 있는지 가끔은 금비를 할퀴듯 한다. 나는 이쁜이의 쥐 잡듯이 하는 그런 행동을 볼 때면 무심히 이쁜이를 혼냈다. 바로 그런 게 영향을 준 것이 아니려나 싶어지니 이 또한 사람과 참으로 흡사하네 싶다.

시원섭섭하네요

　삼순이가 두 번째 낳은 4마리 새끼 중 2마리는 금방 분양되었다. 그러나 남은 2마리는 두 사람이 보고 나서 1마리는 며칠 지나서 분양되었다.

　2마리 중 1마리가 분양되던 날, 마치 같이 놀고 같이 뒹굴던 형제가 없어진 것을 알기라도 한 듯 남겨진 1마리가 얌전하게 엎드려 있었다. 2마리만 남았을 때는 2마리가 더 다정하게 보였다. 사이좋게 밥을 먹고는 머리나 엉덩이를 베고 잠을 자기도 하고, 또 사이좋게 앙앙대며 놀기도 하였다. 그렇게 놀고먹고 자다가 1마리가 먼저 분양이 되고 보니 나머지 1마리는 '언제 분양될까?' 신경이 무척 쓰였다.

　개 식구가 너무 많아 꼭 분양해야 했다. 그래서 아예 정을 주지 않으려 마음을 다잡았다. 분양을 다 하고 1마리만 남게 되니 식구들 모두 남겨진 강아지가 안쓰러웠는지 나보고 데리고 자라고 한다. 나는 강아지를 내 방으로 데리고 오라고 하여 자라고 타월을 방에다 깔아 주었다. 그럼에도 잠자리가 설어서인지 이리저리 왔다 갔다 잠을 자지 못하는 것 같았다. 하는 수 없어 다시 강아지들이 자던 곳에 넣어 주었다.

아침에 일어나 방문을 여니 럭키와 이쁜이가 짖어대며 계단을 달음질치듯 내려갔다. 밤사이 심심하고 외롭기도 했다는 듯 남은 새끼 1마리가 개집에 붙어 서서 짖어대기 시작했다. 개집 안에는 밤사이 싸 놓은 오줌똥이 말라붙었다. 개집의 고리를 풀어 주니 밤새 지루하고 갑갑하기도 했다는 듯 뛰쳐나와 이쁜이와 럭키와 신나게 논다. 삼순이와 뽀뽀를 하기도 한다. 저희끼리도 꼬맹이 존재를 의식함인지 재미있게도 논다.

그렇게 같이 어우러져 재미있게 노는 데 다음 날 아침에 먼저 보고 간 사람이 데려가겠다고 전화가 왔다고 한다. 이제 '꼬맹이마저 가는구나.' 생각하니 서운했다. 꼬맹이만 집에 남게 되면 어쩌나 싶었는데, 막상 데려갈 사람이 정해졌다 하니 시원섭섭했다. 그래서 '가기 전에 실컷 봐야지.' 하고 얼굴을 쳐다보면서 어루만져 주었다. 밤늦게까지 보고 또 보고 놀아 주는 듯했다.

다음 날 아침에 큰딸이 데려다 주기로 했다며 꼬맹이 목욕까지 시켜서 안고 나왔다. 그렇게 마음조차 주지 않으려 했던 꼬맹이를 이젠 더 이상 볼 수 없네 싶어 마지막으로 한번 안아 보자며 안아 주었다. 딸아이가 꼬맹이를 데리고 나가고 나니 강아지들이 머물렀던 자리에 밥그릇과 장난감마저 주인을 잃은 듯 쓸쓸하게 보였다. 이렇게 허전하고 쓸쓸할 줄 미처 알지 못했다.

이미 지난번 경험도 있어 이번엔 새끼 4마리에게 마음조차 주지 않으려 잘 놀아 주지도 않고, 눈조차 마주치지 않았건만 보내 놓고 보니 그 마음조차도 아쉬워 더 허전했다. '나보다 큰 딸이 더 서운하고 허전하겠지'라고 생각은 했지만 정작 삼순이 마음은 헤아리지 못하고 있었다.

꼬맹이를 데리고 나갈 때 삼순이를 쳐다보긴 했어도 다른 새끼들이 있어 괜찮겠지 했다. 그런데 아닌가 보다. 새끼들이 있을 때는 밥도 잘 먹어 밖으로 나가면 똥을 두 번씩이나 누더니 새끼가 안 보이자 밥조차 먹지 않는다. 남편 얘기로는 피똥을 쌌다고 한다. 그렇게 생각을 해서일까. 삼순이 눈이 많이 충혈된 것처럼 보였다.

어쩌다 삼순이는 새끼들을 세 번씩이나 낳고 그들과 이별하는 슬픔을 몇 번씩이나 겪어야 했으니 피똥을 쌀만큼 마음이 아프고 아픈가 보다. 새끼들이 먹고 자고 하던 개집 안을 보며,

또 삼순이를 보며 딸자식을 혼사를 시키고 난 다음 엄마의 마음, 부모의 마음이 이러할까 싶기도 했다.

좋은 시부모, 좋은 신랑 만나서 잘 살겠지 싶어도 딸들이 쓰던 방세간이며 옷가지를 볼 때마다 가슴속을 파고드는 스산한 바람, 그동안 자식에게 잘해 줬던 것보다 못 해 주고 다 해 주지 못 했던 아픔이 더 가슴속을 파고든다. 꼬맹이들이 몇 달 동안 머물렀던 둥지를 봐도 가슴이 뭉클하고 삼순이를 보는 마음은 더더욱 시리기만 하다.

다행스럽게도 우리 딸들은 제때 결혼을 해서 난 별다른 마음고생은 없었다. 자식이 결혼하지 못하고 있을 땐 걱정도 되더니 막상 결혼을 시키고 보니 시원하기도, 섭섭하기도 하는 마음이 지금의 내 마음이 아닌가 싶다.

외면할 수 없는 인연

개 7마리를 키우다가 큰딸이 결혼하면서 3마리를 데리고 갔고 내가 4마리를 키운다. 삼순이는 대소변 훈련이 되어 있어 처음부터 힘든 줄 모르고 키웠는데, 럭키가 대소변 훈련이 되어 있지 않은 2살 된 강아지로 와서 힘이 들었다. 더구나 새끼들까지 키우다 보니 내가 점점 힘에 부쳤다.

기본적으로 개 4마리 밥은 하루 한두 번 주면 된다지만, 물은 그렇지 않다. 때로는 잠을 자다가도 먹겠다 해서 밥 주는 횟수보다 많다. 개들 치다꺼리에 잠시도 쉴 새가 없다. 때때로 이젠 지친다 싶게 피로감이 확 밀려온다. 그렇게 힘들어하는 것을 옆에서 지켜보던 아롱이 할머니가 개 한두 마리를 도그숍에 주면 안 되겠느냐고 넌지시 운을 떼셨다. 주변에 도그숍을 하는 사람이 있어 그야말로 예쁘게 단장해서 할머니들에게 분양을 하면 어떻겠느냐는 것이었다.

난 그런 제안을 받은 이후 문득문득 개들을 물끄러미 쳐다보며 생각에 젖는다.

삼순이는 사람으로 치면 100세 전후가 된다. 그러다 보니 똑같이 털이 길어도 삼순이의 털은 왜 그렇게 꺼칠해 보이는지 눈을 돌려 버리는데 그럴 때마다 삼순이는 잘 보이지도 않을 것 같은 눈을 껌벅이며 나를 쳐다본다. 럭키는 워낙 견물이 좋아 아직도 털만 잘 깎아 놓으면 중년의 멋을 엿볼 수도 있어 측은한 마음은 덜 하다. 금비는 나를 더 받친다 해도 어리기 때문인지 그렇게까지 애잔한 마음은 덜하다. 하지만 이쁜이는 좀 모자라는 것 같아도 두렵거나 싫었던 기억은 확실하게 알고 있어 그런 못난이 개를 어떻게 남에게 보내나 그것도 못 할 일이네 싶다.

이쁜이에게는 세 가지 트라우마가 있다. 어느 날 아롱이 할머니네 집으로 데려가면서 엘리베이터를 탔다가 혼자 뛰쳐나간 일이 있었다. 그때 제 나름대로는 많이 놀랐던 모양이다. 우리 집과 아롱이 할머니네 집으로 가는 갈림길에 들어서기도 전에 그 집으로 안 가려 목을 빼고 버티다 끌려서 길을 건너니 그런 개를 어찌 보내겠나 싶다. 언젠가는 오줌을 싸서 남편이 때렸다고 한다. 그다음부터는 남편이 볼일 보러 나가자고 해도 절대 나가지 않는다. 또 한 가지는 몇 년 전에 털을 자르다 가 가위에 살짝 베인 적이 있었다. 그 후론 내가 가위만 들어도 도망을 간다. 사람이나 짐승이나 놀랐거나 좋지 않은 기억들은 왜 빨리 지워지고 잊히지 않는지 그런 것도 마음대로 되지 않 네 싶다.

삼순이와 럭키는 나이가 너무 많아 누구에게 보내지 못하고, 그나마 이쁜이나 금비를 보내야 하는데 금비는 아주 어릴 적 남의 집에 몇 차례 보내졌다가 밥을 먹지 않아 어쩔 수 없이 데려왔으니 보내지 못한다. 보내려 한다면 이쁜이가 적임인데 이쁜이 역시 별것도 아니다 싶어도 그렇게 예민하니 어디 가 서 살 수 있으려나 걱정돼 누구에게도 보내지 못하고 있다.

그러니 개들 생명이 다할 때까지 거둬 줘야 한다 싶은데 체 력이 달리니 점점 지쳐 간다.

금비의 빈자리

　금비가 언제부터인지 밥 먹는 양이 줄었다. 처음엔 밥맛이
없나, 배가 고프지 않은가 신경이 쓰이긴 했다. 하지만 그런대
로 지나고 있었는데 작은딸이 금비가 밥 먹는 양이 줄어든 것
이 어디가 아파서 그런 모양이라며 병원엘 데리고 가야겠다
한다. 나는 '뭐 밥 먹는 양이 줄었다'고 병원엘 가나 싶었다. 그
렇게 며칠이 지난 어느 날, 딸이 금비를 병원에 데리고 갔다 오
더니 금비가 배에 혹이 생겨서 그렇다며 수술을 시켜 준다고
했다.

　난 속으로 '어차피 나이가 있어 그런 건데 뭔 수술을 시키나
싶었다.' 하지만 딸에게는 말하지 않았다. 내가 말을 해봐야 쓸
데없는 소리고, 이미 딸은 금비를 수술시키기로 결정했기 때문
이었다.

산책하다가 힘이 들어 잠깐 휴식

다시 며칠이 지났다. 작은딸이 금비 수술을 시켰다며 몇 시간 있다가 데리러 가야 한다고 했다. 그래서 딸과 함께 시간에 맞춰 금비를 데리러 병원엘 갔다. 금비는 마취가 덜 풀렸는지 멍하니 기운이 없어 보였다. 병원을 다녀온 후 얼마 동안은 밥도 좀 먹고 괜찮은가 싶더니 역시 밥 먹는 양이 예전 같지 않았다.

그래도 산책하러 나가자고 하면 신바람이 나는 듯했다. 어느 날은 자주 가는 공원을 걸어서 갔다 오고 보니 거의 2시간이 걸렸다. 그날은 나도 걷는 양이 많았던지 밤에 다리가 욱신욱신했다. 금비 역시 많이 힘이 들었을 텐데 다리가 아프다는 소리도 못 하고 하루 이틀 기운이 없어 보였다. 이쁜이를 떠나보내고 나서 나랑 금비는 그렇게 1년 넘게 공원을 참 재미있게 다녔다.

수술 이후 몇 달이 지났다. 딸이 금비가 다시 밥 먹는 양이 줄었다며 걱정하더니 이번엔 피검사를 했다고 한다. 그 결과, 다시 배에 종양이 생겨 오래 살지 못할 거라고 의사의 말을 들었음에도, 딸은 내가 상심할까 말을 하지 않고 나름 금비를 지켜보는 눈치였다.

난 금비에 대해 그렇게 세심하게 생각은 못 하고 밥을 덜 먹기는 해도 햇살이 좋은 날은 산책하러 나가자며 데리고 공원엘 갔다. 그곳에서 뛰어놀기도 하더니 차츰 걷는 것도 시원찮고 힘들어하면서 그러다가 금비는 우리 곁을 떠났다.

작은딸 내외와 함께 살고있는 나는, 금비의 부재가 너무나 크게 느껴졌다. 평소에는 웬만하면 내가 금비를 데리고 다녔다. 가끔 일이 있어 금비를 집에 혼자 두고 잠깐 나갔다 오면 금비가 있어 외로운 줄 전혀 느끼지 못했다. 그런데 금비가 떠난 이후 집안이 텅 빈 것 같다. 거실에도, 주방에도, 내 방 침대 아래 금비 침대에도, 금비가 없는 방안은 썰렁하다 못해 을씨년스럽기까지 했다.

금비를 떠나보낸 이후 가끔 나가서 즐기던 커피집도 다른 길로 빙 돌아서 다녔다. 금비를 보낸 이후 나 혼자 공원을 몇 번이나 가 봤을까? 공원에도 나가고 싶지 않고, 햇살이 좋은 날도 산책하러 나가고 싶은 마음이 생기지 않았다. 모든 게 멈춰 버린 느낌이었다.

남편을 보내고도 이런 쓸쓸하고 허전한 감정은 느껴보지 못했는데, 금비가 옆에 없는 자리는 엄청 크고 넓다. 금비를 보내고 3개월에 접어든다. 가끔 금비가 보고 싶어 목이 매캐해지면서 그냥 눈물이 흐른다.

이쁜아, 안녕!

이쁜이는 삼순이와 럭키 새끼 중에 맏이다. 그런데 생각해 보면 난 이쁜이한테 미안한 마음이 참 크다. 오죽해야 큰딸이 나보고 이쁜이가 좀 모자라는 것이 내 탓이라고 한다. 삼순이가 새끼를 낳기 시작한 것도 모르고 난 잠에 빠져들었으니 말이다.

그때는 왜 그렇게 졸렸을까? 실제 그렇게 잠이 와서 그랬는지, 삼순이 새끼 낳는 것을 마주하기가 두려워서 그랬는지 잘 모르겠다. 하여튼 잠을 자다 보니 방바닥에 뭔가 이상한 게 보이기는 했는데 그냥 또 잠에 빠져들었다.

큰딸이 방에서 나오더니 삼순이가 새끼를 낳기 시작했다며, 이미 방바닥에 1마리를 낳아놓았다고 한다. 큰딸은 위생장갑까지 끼고 앉아 새끼들을 받아 내는 동안, 난 겁이 나서 딸 방

이쁜이 모습 이대로 간직해 주길

으로 가서 자다가 삼순이가 새끼들을 거의 다 낳았을 때 안방으로 와서 마지막 낳는 것만 본 것 같다. 그러니 그 후 딸아이가 툭하면 이쁜이가 그 상태로 조금만 더 방치했더라면 죽었을지도 모르며, 좀 모자란 듯 얼띤 것은 모두 내 탓이라는 것이다. 그것 때문에 내가 이쁜이한테 미안한 마음이 있다.

금비는 내게 착착 안긴다. 그러다 보니 내 곁에 더 오래 있기도 했지만, 이쁜이는 그런 금비와 날 쳐다보는 시선이 샘을 내는 것 같은데도 선뜻 내게 다가오지 못하는 그런 몸짓이었다.

이쁜이가 떠나기 얼마 전부터 밥 먹는 양이 줄었음에도 난크게 신경 쓰지 못했다. 산책을 나가서도 빨리 따라오지 못하고 꾀를 부린다고 윽박질렀다. 나중에는 다리에 힘이 없어 잘걷지를 못하는구나 싶어 안고 집으로 오긴 했지만, 미리 알고챙겨 주지 못해 너무 미안한 마음이다.

마지막 가는 순간엔 '이제 하늘나라로 갈 날이 멀지 않았구나' 싶어 목욕까지 시켜 줬다. 그건 참 잘했다 싶다. 마지막 가는 순간을 알기라도 하듯 제 침대에 뉘어 줬더니 눕지 못하고일어나 왔다 갔다 했다. 얼굴에는 불안한 기색이 역력했다. 이쁜이가 엄마인 내게 마지막 인사라도 하려는 듯 제 침대에서일어나 왔다 갔다 하던 그 모습을 지금도 잊을 수 없다.

마지막 가는 순간엔 "이쁜아, 괜찮아 편히 가라." 하고 안아 토닥이며 그렇게 편하고 살뜰하게 잘 보내 주어 미안한 마음을 덜어 볼까 했는데, 뼛가루 담는 용기를 나무상자로 결정한 순간의 선택이 두고두고 아쉬움으로 남는다. 이쁜이를 떠나보내며 병원에서 뼛가루를 담을 용기를 고르라고 하기에 항아리와 관처럼 생긴 나무상자와의 가격이 백 불 정도 차이가 나 그 순간 별 차이 없겠다 싶어 나무상자로 했다. 그런데 막상 집에 놓고 보니 럭키 항아리와 이쁜이의 나무관은 겉보기에도 차이가 나게 보여 내가 잘못했구나 싶었다. 다음 해, 금비가 떠나자 예쁜 분홍색 항아리에 담다 보니 다시 또 이쁜이한테 참 미안한 마음이 들었다.

살면서 늘 엄마의 정을 굶주리듯 했는데, 결국 마지막도 그렇게 보냈구나 싶다. 다시 또 평소 이쁜이의 그 눈빛이 떠오르며 참 미안한 마음에 가슴이 싸해진다.

반려견,
보호자 없이 잘 지낼 수 있다

반려견을 키우는 인구가 증가하는 가운데 우리나라 가족 구성 형태가 1인 가구, 맞벌이 가정이 늘면서 반려견이 집에서 혼자 지내는 시간이 늘고 있다. 반려견이 혼자 있는 시간이 길어지면 심리적 불안감 조성, 사회성 결핍 등의 문제로 이어지기 때문에 이를 항상 유념해야 한다. 또 아무도 없을 때 생길 수 있는 발작이나 실신 등 위험 상태에 대비하기 위한 모니터링도 필요하다. 반려견을 집에 홀로 놔두고 나가야 하는 경우 주인 없이도 행복하게 살아갈 수 있는 방법이 있다. 평상시 충분한 운동이 필요하다. 정기적인 산책이나 뛰어놀기는 물론, 인풋에 따라 편한 실내 운동이 도움이 된다. 정신적인 자극도 필요하다. 구체적으로 방법을 알아보자.

❶ 혼자 있을 때 지루함을 덜어 주기 위해 재미있는 장난감이나 퍼즐 장난감을 활용하거나, 텔레비전이나 라디오를 틀어 음악을 들려주자. 스마트폰으로 주인의 목소리를 녹음하여 듣게 해 줌으로써 불안감을 경감시키는 것 또한 좋은 방법이다.

❷ 일정한 루틴을 유지하자. 개는 예측 가능한 일정과 환경을 선호한다. 정해진 시간에 먹이를 주고, 산책을 시켜 주는 등의 활동을 일관되게 유지함으로써 안정감을 느끼게 해 주어야 한다.

❸ 공간을 마련해 주자. 갇히지 않고 이동할 수 있는 환경에서는 개가 불안을 덜 느낀다. 그러니 충분한 공간을 마련해 불안감도 줄이고 필요한 운동도 할 수 있도록 해 주자.

❹ 반려견을 위한 동반자를 만들어 주자. 혼자 있는 시간이 길다면 다른 반려견을 동

반시키는 것도 고려할 만하다. 서로를 위로하고 놀아줄 동반자가 있다면 개는 더 행복할 것이다.

⑤ 종종 행복을 선사할 수 있는 특별한 대우를 제공하자. 특별한 간식이나 장난감을 주어 주인이 없어도 즐거운 경험을 할 수 있도록 해 주자. 개에게는 주인의 사랑과 그리움이 큰 의미를 갖기 때문에 혼자 있는 동안에도 주인의 냄새를 품에 담아 두도록 주인의 옷이나 손수건을 놔두는 것도 필요하다. 주인이 외출하고 돌아올 때에는 기쁨을 더욱 특별하게 만들어 줘라. 그 순간을 특별하게 만들기 위해 간식이나 장난감을 주면 된다. 개는 주인의 귀가를 기다리는 시간이 기대감 넘치는 순간으로 변할 것이다.

⑥ 혼자 있는 동안에도 늘 안전하게 감싸 줄 수 있는 공간을 마련해 주라. 편안한 침대나 이불, 자기만의 공간을 주면 개는 그곳에서 휴식을 취하면서 안정된 마음을 갖게 되고 주인이 돌아올 때까지의 시간을 행복하게 보낼 수 있다.

⑦ 최근에는 반려견 보호자들에게 인기몰이 중인 반려동물 전문 시청각 콘텐츠가 도움이 될 수 있다. 반려동물이 기분 좋게 듣고 심적 안정을 얻을 수 있는 특정 주파가 있는데 이 주파가 흐르는 맞춤 콘텐츠를 제공해 주는 것도 하나의 방법이다.

이러한 신경 쓰기와 주의를 통해 혼자 있는 시간이 길어지더라도 개는 주인의 없는 시간을 행복하게 보낼 수 있다. 배려와 사랑이 담긴 돌봄으로 개의 고독을 덜어 주며, 안정된 일상을 제공함으로써 주인이 없어도 행복한 일상을 즐길 수 있다.

5부

세상 못된 사람들
개만도 못하네요

감동 1

요즘 들어 일요일이 무척 기다려진다. TV에서 방영하고 있는 '동물농장'과 드라마 '공주의 남자'를 너무 재미있게 보기 때문이다.

일요일 오전 10시에 하는 그 프로를 보기 위해 미리 아침 준비를 다 해 놓고, 여유 있고 즐겁게 감상하려는 마음으로 TV 앞에 앉는다. 그 시간이면 남편은 가게로 나갔고, 작은딸은 출근 준비를 하느라 욕실을 들락거린다. 난 TV를 보다가 작은딸을 큰소리로 불러대기도 하고, 너무 재미있어 혼자서 손뼉을 치기도 한다. 때론 큰소리로 웃어대면 침대에 엎드려 있던 개 4마리가 동시에 무슨 일인가 싶어 놀라 쳐다보기도 한다. 그런가 하면 너무 안쓰럽기도, 불쌍해서 나도 모르는 사이 눈물을 훔치기도 코를 홀쩍이기도 한다.

동물농장을 재미있게 봤던 프로 중에 망막을 떠나지 않는 장면이나 관계들이 있다.

개를 집에 혼자 둘 수가 없어 아기 업듯이 어깨에 얹고 다니는 어깨가 굽은 할머니, 할아버지가 나가시면 돌아오실 시간쯤에 버스 정류장에 가서 기다리는 강아지, "밥 줘, 어디 갔다 왔어, 혼자 집에 있었어?" 말을 하는 앵무새, 양몰이를 하는 개 등 매주 너무너무 재미있게 본다.

그중에 개들을 너무 좋아해서 여자 친구를 오래 사귀지 못한다는 개 박사 교수가 있었다. 우울증에 걸린 듯한 유기견을 데려다 키우면서 개와 같이 줄넘기를 하다 보니 개의 성격이 점차 밝아졌다는 것이다. 개가 5마리였는지 정확히 알 수는 없었지만 줄넘기 같이하는 것을 보며, 너무 재미있어 얼마나 크게 웃었는지 우리 개들이 눈이 휘둥그레져서 쳐다보는 거였다.

또 시골에서 개를 데리고 사는 아주머니가 개하고 산책하러 나가면 언제부터인지 개가 혼자서 어디론가 달아났다가는 몇 시간 만에 집으로 찾아오는 이야기도 있다. 도대체 영문을 알 수 없어 걱정하던 아주머니가 동물농장 제작진에게 연락해 제작진이 나와서 개한테 위치 추적기와 CCTV를 설치해 놓고 추적을 하고 보니, 2km 이상이나 되는 거리를 달려가서 웬 강아지를 만나는 거였다.

그 강아지는 A라는 아주머니가 키우던 개가 새끼를 낳은 것을 분양받은 강아지라고 하는데 그 개가 낳은 새끼 중 1마리가 죽어 어미가 우울증에 걸려 있었다고 한다. 그런데 어느 날부터 몇 시간씩 나갔다가 오더니 많이 좋아졌다는 거였다.

새끼를 낳은 개, 우울증에 걸려 있던 개가 몇 시간씩 집을 비우니 도저히 알 수 없다 싶어 결국 동물농장 제작팀에 연락하게 되었고, 그 덕분에 개의 '향방'을 알게 되었는데, 개는 제 새끼를 찾아가서 한참을 놀고 돌아오는 것이었다.

어디 그뿐인가. 본래 개 주인 A라는 아주머니가 장을 봐다 놓아둔 고깃덩이가 없어지는 것을 알고 추적해 보니 고깃덩이를 물고 가서 새끼에게 주는 것이었다. 그런 사실을 알게 된 두 아주머니는 두 집에서 개들을 데리고 소풍까지 가는 것을 보며 두 아주머니 심경이나 또 개들을 사랑하는 마음을 보며 고맙기도 했다. 한편 개의 모성 본능에 가슴 찡하도록 눈시울까지 붉어졌다.

그야말로 사람 못된 것은 개만도 못하다는 말, 진하게 다가온다.

감동 2

거의 언제나 동물농장을 재미있게 본다. 어떨 때는 마음이 아파 가슴 저미기도 하고, 때로는 눈시울이 붉어지기도 한다. 대부분 그 순간뿐이고 잊어버리기 십상이다. 그런데 너무도 진한 감동이 오래도록 잊히지 않는 얘기가 있다.

그 개의 이름은 잊었지만, 어느 공장 주변에 개가 나타나 몇 시간씩 그곳에 앉아 있다가 가곤 했다. 알 수 없다 싶어 그 개를 쫓아가 알고 보니 주인이 있는 개로 머지않아 새끼를 낳을 개였다.

개가 매일 찾아가는 곳에는 수컷이 1마리 있었는데 얼마 전에 교통사고로 죽었다고 한다. 게다가 그 개는 그곳에서 살았던 수컷의 새끼를 가졌던 것이었다. 이를테면 아비도 없는 새끼를 낳게 되는 거였다.

출산을 앞두고 어떤 마음으로 그곳을 찾는지 모르겠지만 수컷이 살던 개집은 이미 비어 있었다. 그곳엘 가서 몇 시간씩 앉아 있다가 저녁 무렵엔 제집으로 어슬렁거리며 가고 있는 그 모습이 눈에서 사라지지 않는다.

나중에 개 주인들이 그런 사실을 알고는 수컷이 살던 그곳, 암컷이 매일 찾아가는 그곳에 산실을 마련해 주었다. 이불을 가져다 바닥에 깔아 주고 편안히 몸을 풀 수 있도록 양가 엄마들의 따뜻한 손길, 마음씨가 느껴져 가슴이 뭉클해서 지켜보고 있었다. 그것도 몸보신을 시켜 줘야 한다며 곰국까지 끓여서 갖다 주는 그 손길을 보며 모쪼록 개가 순산하기를 바라는 마음이었다.

감화

이번 얘기는 교통사고로 다리를 심하게 다쳐 수술도 못 하고, 잘못하면 죽을 수도 있어 수술을 포기한 개의 이야기다.

그런데 기적이 일어났다. 개의 주인이 그 개를 씻겨 주고 다친 부위를 찜질해 주는 등 극진하게 돌봐준 덕분에 개가 걷기 시작한 거였다.

처음에는 개가 움직이지도 못하고 누워만 있어야 했다. 그러다 보니 온몸이 짓물러 운동을 시켜 줘야 한다며 나무로 휠체어를 만들어 운동까지 시켜 주는 주인 여자를 보면서 '어떻게 저렇게까지 할 수 있을까?' 그 감동은 오래도록 숙연케 했다. 지극한 보살핌 덕분에 그 개가 드디어 걸음마를 하기 시작하더니 얼마 후 어기적거리듯 걷는 모습을 볼 수 있었다. 너무도 감동적이었다.

뉴스를 보다 보면 '어쩌면 인간들이 그토록 사악할 수 있을까.' 경악하기도 한다. 반면 선행을 하는 손길, 이름 없는 천사들도 곳곳에 있어 절망스럽기까지 했던 마음이 스르륵 녹는다. 개, 말 못 하는 짐승에게도 저렇듯 마음, 정성을 쏟는 사람들이 많다는 것은 사회가 건전하다는 방증이니 마음이 참으로 훈훈해진다.

기묘한 인연, 아오시마의 고양이

　지난번에는 일본 남쪽 작은 섬 아오시마에서 주민 17명과 고양이 200마리가 함께 사는 이야기를 담은 텔레비전 방송을 보았다. 방송을 시청하면서 고양이들이 어떻게 살고 있나 궁금하기도 하고, 또 누가 고양이들을 돌보는지 잠시도 시선을 뗄 수가 없었다.

　처음엔 쥐를 잡기 위해 한두 마리 키우다 보니 점차 그렇게 많아졌다고 하는데, 이젠 그 고양이들을 보기 위해 식당이나 숙박업소 하나 없는 그곳을 관광객들이 찾는다고 한다.

　해설자가 몇 번씩 그곳이 '고양이들의 천국'이라고 설명하면서 배가 들어오면 선장이 고기를 손질하다 나누어 주기도 하고, 누군가 낚시를 할 때면 옆에서 지키고 있다가 낚싯줄에 달려 나오는 물고기를 잽싸게 낚아채 먹으며 개체 수가 늘어나 지금의 고양이 섬이 됐다고 한다. 고양이들은 양지바른 곳에 누워 낮잠을 자기도 하는데 그곳에서 간호사가 하루에 몇 차례 밥을 나누어 주기도 한다. 워낙 숫자가 많다 보니 다리 하나가 없어 몸놀림이 민첩하지 않은 고양이는 특별히 보살핌을 받고 있었다.

그곳을 다녀가며 선실에 마련해 놓은 방명록에 이렇게 많은 고양이를 한 자리에서 볼 수 있어 좋다는 사람이 많았다. 또 그런 고양이들을 사진 찍을 수 있어 좋다고 하는 방문자도 있었다.

그곳에 할머니 한 분은 고양이들과 함께 살 수 있어 너무 좋다고 하며, 앞으로 개선할 점이 있다면 수놈은 수술을 해 주어 더 식구가 늘어나지 않았으면 한다고 한다.

개들을 여러 마리 키우다 보니 남의 일처럼 보이지 않아 힐링이 되기는커녕 오히려 부담될 때가 더 많다.

지난주엔 '안녕하십니까? 고민을 해결해 드립니다'라는 프로에 개 13마리 때문에 집에도 들어가지 못하는 사람이 있다는 방송을 봤다. 제목이 '집에도 들어가지 못하고'였다.

사연인즉슨,

그 집 가장이 개 1마리를 부인에게 선물했는데 개가 밖에 나가서 새끼를 가졌다. 새끼들을 낳은 후 분양하고자 했지만 뜻대로 안 되고 새끼들을 또 낳다 보니 13마리가 된 것이다. 부인은 개 기르기가 힘에 겨워 딸이 보살피고 있었는데 그야말로 집안이 온통 개판이다. 내외가 집으로 들어가도 편히 쉴 수도, 잘 수도 없어 운영하는 발마사지 가게에서 먹고 자고 한다는 내용이었다.

그 엄마는 당뇨가 있는 데다 잠도 편히 자지 못해 몸이 더 붓는다고 했다. 그러니 엄마는 집에도 들어가지 못 하고 이젠 32살이나 되는 딸이 개들을 건사하고 있었다. 서로 어쩌지 못해 이젠 새끼들을 분양이라도 할 수 있다면 하고 싶다며 눈물 짓는 딸을 보며 내가 그런 상황이라 해도 어쩔 수 없이 발목이 잡혔겠네! 보는 것만으로도 남의 일 같지 않아 가슴이 묵직해 온다.

개나 고양이를 키우는 사람들은 키우다 보면 처음 그들이 원하고 바라는 방향이 아닌 엉뚱한 상황이 만들어지기도 한다. 그렇다고 그동안 키우며 정들었던 그들을 남에게 쉽게 분양도 못 하고 보니, 갖다 버리지도 못하고 그냥 살게 된다. 그러한 고충을 알 것 같아 보는 것만으로도 마음이 참 아프다.

말 그대로 '기묘한 인연'이다.

길 위의 눈물

아롱이 할머니가 매주 개 2마리씩 데려다가 목욕도 시키고 몇 시간씩 봐 주신다. 처음 얼마 동안은 내 집이 아닌 낯선 곳으로 가는 것이 이상했는지 반갑지도 않고 두려워하는 기색이 엿보였다.

그러나 차츰 횟수가 잦아지고 이젠 으레 가는 것으로 아는 모양이다. 게다가 아롱이 할머니랑 통화하는 것은 어찌도 그리 잘 아는지 전화벨이 울려 내가 수화기를 들면, 그 순간부터 눈은 반짝반짝하고 몸놀림도 빨라지면서 빨리 나가자고 조르듯 보채기 시작한다. 전화하는 동안 개 4마리가 '어, 나가는가 보다.' 하며 신바람이 나서 난리들을 치다가 '아니구나' 싶으면 4마리가 풀이 죽어 침대에 납작 엎드려 눈을 멀뚱거리며 나를 쳐다본다.

풀이 죽어 있던 개들이 내가 양말을 신고 바지를 갈아입으려면 이번이야말로 '밖으로 나가나 보다'라며 그때부터 '옹옹' 앓는 소리까지 내면서 '졸졸졸' 따라다닌다. 때로는 발에 걸려 넘어질 뻔하기도 한다.

그렇게 밖으로 나가는 것을 좋아해서 공원길을 한 바퀴 돌고 온다. 럭키는 매주 가고, 삼순이와 이쁜이, 금비는 교대로 간다. 공원을 갔다 오면서 아롱이 할머니와 내가 헤어지는 길목에 서면, 이쁜이가 길을 먼저 건너려고 한다. 그러면 내가 줄을 바짝 잡아끌건만 다시 또 혼자 건너가려 안간힘을 쓴다.

난 집에 와서 식구들과 이쁜이 얘기를 하며 "아롱이 할머니가 한두 대 때렸거나, 이쁜이한테 대단히 서운하게 하신 모양이다"라고 말하지만 정작 이유가 뭔지 알 수 없었다. 거의 언제나 산책하러 나갔다가 아롱이 할머니는 2마리를 데리고 집으로 가시고 나는 가게로 간다. 럭키와 삼순이, 금비는 으레 한두 번 내 쪽을 쳐다보고는 아롱이 할머니를 따라간다. 가게 끝나고 아롱이 할머니 집에 들러 개들을 데리고 나서면 혼자 있었던 녀석은 아롱이 할머니한테 가고 싶은지 나를 쫓아오면서도 아쉬운 듯 아롱이 할머니 쪽을 쳐다본다. 하지만 이쁜이는 아무런 미련도 없다는 듯, 쫄랑쫄랑 나를 쫓아온다. 집에서도 무덤덤하다.

그 후 어느 날인가 이쁜이가 왜 그렇게 되었는지 이유를 알 수 있었다. 이쁜이를 데리고 가시던 두 번째인지 세 번째 되던 날인지 정확히 기억이 안 나지만 이쁜이를 데리고 엘리베이터를 탔는데, 문이 열리는 순간 이쁜이가 목줄을 빼고 도망을 갔다고 한다. 그래서 길에서 무슨 변이라도 당할까 너무 놀라셨다며 그런 일이 있고 나서부터 이쁜이가 그렇게 된 것 같다고 하시는 거였다. 이쁜이 역시 처음부터 우리가 키우기도 했지만 그렇게 마음이 여린 구석이 있어 남에게 주지도 못한다.

며칠 전 TV 동물농장에, 여름 피서 길에 개를 데리고 갔다가 개를 버리고 가서 떠돌아다니는 개가 많아져 여름이면 동네 사람들이 골머리를 앓고 있다는 내용이 방송됐다. 그날 누렁이라 불리는 개는 길가 차도 옆에 앉아 한 달 이상을 지나가는 차만 보며 주인을 기다리고 있는 거였다. 개 주인 차가 검정색이었는지 검정 차만 지나가면 쫓아갔다가 다시 돌아가 제자리에 앉아 기다리곤 했다.

동네 아주머니가 개밥을 갖다 줘도 먹지도 않고, 그렇게 앉아 있어 동물농장 팀에 제보했다. 그 개는 다행스럽게 다른 주인에게 입양되었다. 개를 입양한 견주는 젊은 부부였는데 그들이야 당연히 잘 키우겠지만 개는 마음의 상처 때문인지 새로 장만해 준 집에서 나오지 않고 두려움에 싸여 있었다.

한 달 이상을 길에서 주인을 기다리던 누렁이의 마음은 어떤 것일까? 누렁이의 개 주인이었던 사람은 개를 버려야 할 만큼 생활이 어려워진 것인지, 개만도 못한 인심을 갖고 사는 사람인지 오래도록 가슴이 짠해 왔다.

동물학대죄

어느 추운 겨울날이었다. 삼순이가 오줌이 급한 것 같아 밖으로 데리고 나가야 하는데 꾀가 났다. 그래서 현관문을 열어 주었더니 삼순이가 쏜살같이 뛰어나갔다. 마침 타운하우스 내의 관리인이 그 광경을 보았다. 인사라도 할 그런 상황이 아니어서 그냥 지나치고 말았다. 삼순이는 볼일을 급하게 보고는 집으로 들어왔다.

다음 날 관리실에서 경고 쪽지가 왔다. 목줄을 묶지 않은 개는 밖으로 내어놓지 않아야 하며, 다음번에도 또 그런 일이 있으면 한 번 더 경고를 준 다음 이사를 해야 한다는 것이었다. 나는 그해 늦가을 타운하우스로 이사를 했는데 이사했다는 사실을 잊어버리고 단독 주택에 살 때처럼 개 목줄을 하지 않고 현관문을 열어 밖에서 볼일을 볼 때가 많았다. 그 일이 있은 후로는 꼭 목줄을 하고 데리고 나갔다.

개들을 키우다 보니 이사를 할 때면 우선 개들을 키울 수가 있는지 그것부터 살펴봐야 했다. 그야말로 이사하는 문제가 쉽지 않았다. 만약 그곳에서도 쫓겨나면 어디로 가야 할지 또 다른 걱정거리가 생기니 쉽게 간과할 일이 아니었다.

이번엔 또 다른 문제로 타인에게 말을 들어야 했다.

지금은 개 3마리에 강아지 4마리를 키우고 있다. 그래서 7마리 모두를 한꺼번에 데리고 나갈 수가 없다. 내가 산책하러 나가려는 기미만 보이면 서로 나가겠다고 나에게 달려들거나 현관문에 달려든다. 주로 큰딸이 데리고 나가는 벼락이, 짱아, 금동이와 내가 데리고 나가는 삼순이, 럭키, 이쁜이, 금비는 자기가 나갈 차례다 싶으면 더 달려든다. 이번엔 '나는 아니구나.' 싶을 땐 뒤로 물러선다. 그렇긴 해도 밖으로 나가려면 서로 나가겠다고 문에 매달려 아우성친다. 간혹 나갈 차례가 아닌 강아지가 줄도 묶지 않았는데 먼저 밖으로 뛰쳐나갈 때도 있다.

그러던 어느 날 줄에 묶인 3마리를 집안으로 들여놓고, 뛰쳐나간 새끼를 잡아야 하는 일이 생겼다. 줄도 묶지 않은 강아지를 잡는 사이 다른 사람이 본다든지, 관리인이 보면 큰일이다 싶어 마음은 급해지고 초조해졌다. 밖으로 뛰쳐나갔던 강아지를 잡고는 몇 대 때리는 시늉을 했다. 마침 개를 데리고 지나가던 사람이 그 광경을 보면서 "돈 힛트!" 하며 눈꼬리까지 올리고 지켜보겠다는 듯 쳐다보고 있었다. 그런 일이 있고 난 다음부터는 '개를 때리면 큰일 나겠다.' 싶었다. 누가 '동물 학대' 한다고 고발이라도 한다면 그 이상 번거로운 일이 어디 있을까 싶다.

한번은 슈퍼마켓엘 가면서 럭키와 이쁜이를 차에 태웠다. 이쁜이는 아직도 차를 타는 데 익숙하지 않아 차 문을 열어도 타려고 하기보다는 온몸을 뒤로 뺀다. 그런 이쁜이를 반짝 안아 태우면 좋았으련만 줄을 바짝 잡아당겨 차에 태웠다. 그 순간 목줄을 잡아끌듯 했으니 동물학대를 내가 자행하고 있었다는 생각이 들었다. 이쁜이에게 조금은 과격하게 했던 것은 '앞으로 차를 빨리 타지 않으면 엄마가 또 이렇게 할 테니 알아서 빨리 타라'는 마음이었다.

부모 마음은 다 같다고 얘기한다. 자식을 엄마가 꾸짖거나 매를 드는 것을 남편이 보면 속이 상하고 언짢듯이, 반대로 아빠가 자식을 꾸짖는 것을 엄마가 봐도 마음이 편치 않다. 개들을 여러 마리 키우다 보니 자식 같음은 물론이요, 남들이 개를 학대하거나 함부로 대하는 것만 봐도 분노하니 개를 키우는 사람들의 사랑하는 마음은 다 같지 않을까 싶다.

따뜻한 아픔

한국에서 개를 키울 때는 대소변 치우는 것에 신경이나 썼나 싶다. 개를 키우기는 했어도 개밥이나 겨우 주었지, 대소변 때문에 신경을 써 본 것 같지 않다. 한국에서는 개를 밖에다 묶어놓고 키우다 보니 대변은 작은 삽으로 치우고 이따금 물이나 한 번씩 '좌악' 뿌려 주면 그것으로 끝이었다.

그런데 캐나다에 와서는 개를 안에서 키운다. 요즈음 TV 동물농장을 보다 보니 새삼 가슴이 울컥울컥해 올 때가 있다. 밥도 그렇지만 추운 겨울 개집에 따뜻하게 얇은 이불은 차치하더라도 헝겊 조각이라도 하나 깔아 주었나 생각이 들기 때문이다. 그동안 한국에서 키웠던 개들에게 미안하고 안쓰러워 코끝이 찡해 온다.

'동물농장' 프로는 거의 빼놓지 않고 본다. 볼 때마다 '개, 고양이, 다른 동물들도 어찌 그렇게 사람과 흡사할까'라는 생각이 든다. 다양하기도 하고, 재미있기도 하고, 신기하기도 해서 나도 모르게 빠져든다. 때로는 너무 감동적이어서 눈물이 하염없이 흐르기도 한다.

오늘도 여느 때와 같이 '동물농장'을 보기 위해 TV 앞에 앉았다. 처음 얘기는 닭을 70마리나 키우는 농장에서 닭들이 번갈아 가며 개집을 드나드는 이야기였다. 무슨 사연인가 알고 보니 닭들이 알을 낳으려면 개집으로 들어가는 거였다. 개는 그때마다 밖으로 내쫓겼다. 들어가 좀 쉬려 하면 다른 닭이 또 들어가는 거였다. 닭들이 그곳에 알을 낳아도 개는 입조차 대지 않고 밖으로 나와 있었다.

그런 상황을 나중에 알고 나서 주인은 닭들이 다른 곳에서 알을 낳을 수 있도록 닭장을 개집처럼 몇 개 만들어 주었다. 그제야 닭들은 그곳에 들어가 알을 낳기 시작했다. 개는 늘 밖으로 내쫓기듯 해서 추위에 떨곤 했는데 이젠 더 이상 떨지 않고 잠도 편하게 잘 수 있으려나, 밖으로 나와 있는 개의 모습이 눈에서 떠나지 않았는데 다음 장면을 보며 가슴까지 먹먹해졌다.

그것은 가수 강원래 씨 부부가 7년 동안 키우던 개가 암에 걸려 오래 살 수 없음을 알고, 버킷리스트를 만들어 개가 죽기 전에 실행에 옮기려 한다는 내용이었다.

똘똘이의 임종

강원래 씨 부부의 버킷리스트 중에는 그들이 키우던 개 똘똘이와 사진찍기가 있어 사진작가까지 집으로 불러 세 식구가 같이 찍기도 하고, 똘똘이 혼자 찍어 주기도 했다. 그렇게 똘똘이와의 추억을 간직하고 싶어 그런 순간들을 만들어 가는 그들의 마음은 과연 어떤가 싶어 눈시울이 붉어졌다.

사람이었다면 그 고통을 그렇게 견뎌 낼 수 있을까. 그들 부부는 아파서 옆으로 누워 거친 호흡을 내쉬던 똘똘이가 눈을 워낙 좋아해서 똘똘이를 데리고 자주 가곤 했다던 강릉으로 가는 길이었다.

목적지까지 다 가기도 전에 힘들어해서 강원래 씨 부인인 똘똘이 엄마가 개를 데리고 차에서 내렸다. 눈 쌓인 길을 조금 걷는가 싶더니, 눈 위에 그냥 누워 버렸다. 똘똘이는 이미 그때부터 생명이 다해 가는 것 같았다. 강원래 씨 부인이 똘똘이를 애절하게 불렀으나 반응이 없었다. 부인은 옆 사람들의 도움을 받아 몸이 점점 굳어 가는 똘똘이를 담요에 싸서 강원래 씨 있는 데까지 갔다.

그들 부부는 똘똘이의 상태가 그렇게 되고 보니, 강릉까지는 가지도 못하고 운명을 다한 똘똘이를 데리고 화장터로 갈 수밖에 없었다. 화장하기 전 똘똘이가 평소 갖고 놀던 장난감 한두 개까지 넣어 화장한 후 집으로 가져왔다. 그들 부부가 똘똘이와 살아가는 모습을 보면서 나름 상상도 해 보고 같이 울며 그 프로를 지켜봤다.

나 역시 개를 7마리씩이나 키우고 있으니, 그들의 슬픔이 머지않아 내게 오겠지 싶다. '제 설움에 겨워 운다'고 하더니 이 일을 어찌 다 감당을 해야 하려나 지레 두려워진다.

슬픈 기적

며칠 전 뉴스에서 아직 목숨이 붙어 있는 개를 생매장한 것이 보도되었다. 푸대에 담겨 땅속에 묻혀 있어 그렇게 잔인한 짓을 누가 했는지 끝까지 추적할 것이란 TV 뉴스를 보고는 그럴 수가 있나? 기를 수 없다면 갖다 버리기라도 할 일이지 살아 있는데 어찌 그렇게 버릴 수가 있었나? 그 사연만은 꼭 알고 싶었다.

그런데 오늘 아침 동물농장에서 그 진위가 밝혀졌다. 처음엔 매장된 장소를 지나가던 행인이 길가 숲에서 강아지 우는 소리가 들려 경찰에 신고하면서 추적 조사 끝에 밝혀졌다.

사건의 전말은 이렇다.

견주가 개 2마리를 키웠는데 여자가 개만 너무 예뻐하고 개 똥오줌을 제때 치우지 않아 남자 견주가 불만이 많았던 모양이다. 그래서 남자 견주가 아내를 좀 골려 주려고 개 2마리를 데리고 나가서 아는 사람의 공장에 매어 놓았다고 한다. 2마리 중 1마리는 줄을 끊고 도망을 갔는데 차에 치여 지나가던 누군가 119에 신고를 했다. 119대원이 개를 봤을 땐 숨이 멎어 있었기에 자루에 담아 갖다 묻었다고 한다.

개가 발견되었을 때는 산소 부족으로 거의 뇌사상태여서 회복할 수 있을지도 모르겠다고 했다. 그런데 그 개(초롱이)가 기적적으로 회복해 주인을 만났다. 초롱이도 우리 개들과 거의 같은 종류여서 더 안타깝고 친근감이 갔다.

병원에서 극진한 보살핌 덕분에 기적적으로 살아나 주인이 와서 "초롱아," 부르니 쪼르르 달려가 품에 안기던 모습이 너무도 감동이었다. 초롱이는 훈련이 잘되어 있어 "손 줘, 앉아 봐." 하니 손도 얼른 내어 주고 짖으라고 하니 '워워웡' 짖기까지 했다.

초롱이가 사경을 헤매면서도 식구들을 그리워하고 살려는 의지가 있어 거의 11시간을 그렇게 버티기도 했던 것이 아닌가 생각이 든다. 당시 살 확률은 1%였다고 한다.

초롱이는 자루에 담겨 그나마 흙에 살짝 묻혀 있었다. 게다가 신음소리를 누군가 듣고 신고를 했다. 그 모두가 초롱이에게 큰 행운이요, 기적이 아닐 수 없다.

외로운 동반자

지금 가게에 오는 손님 중에는 개나 고양이를 키우는 사람들이 많다. 대체로 아주 큰 개들은 밖에 묶어놓고 들어오지만, 중간 크기 정도의 개들은 데리고 들어온다. 그런 그들을 보면서 친구나, 자식, 혹은 동반자 같은 친근한 감정을 느낀다. 어떤 개는 주인이 밖에 묶어두고 가게로 들어와서 있는 동안 '박박' 짖기도 하고, 또 어떤 개는 지나가는 사람만 보면 짖는다. 하지만 대체로 얌전한 편이다.

개를 데리고 가게로 들어오는 손님 중에 여자 손님이 한 사람 있었다. 그날따라 비가 와서 그녀는 비옷을 입고 모자까지 쓰고는 개를 데리고 들어왔다. 얼마 전에도 개를 데리고 들어왔는데 얘기 끝에 개가 몇 살이냐고 물었더니, 14살이 되었다고 한다. 몇 살 때부터 키웠느냐고 재차 물었더니 7살 때부터 데려다가 키운다고 했다. 나이 든 개를 다들 데려가지 않아 자기가 7살이 된 개를 데려다 키운다며 아주 순하다고 한다. 그녀의 개는 중간 크기의 까만 개였는데 눈빛이 선한 개다.

며칠 후 비 오는 날, 그녀가 또 개를 데리고 왔다. 그녀는 개를 더 이상 키울 수가 없을 것 같다며 누가 키워 줄 만한 사람이 없는지 알아봐 줄 수 없느냐고 물었다. 사연인즉슨, 남편이 직장을 잃어 극도로 예민해져 있는데 개 때문에 스트레스를 더 받는다고 했다. 더구나 한 달 있다가 이사를 해야 하는데 개 때문에 걱정이 더하다고 한다.

그녀는 눈보라 치는 추운 겨울날에도 늦은 밤 시각에 개를 데리고 나오는 것을 자주 볼 수 있었다. 그녀의 개에 대한 사랑을 짐작할 수 있는 대목이었다. 남들이 데려가지 않는 나이 든 개를 7년이나 데려다 키우면서 정이 많이 들었을 텐데, 형편상 개를 키울 수 없어 마음 아파 개를 바라보는 눈이 너무 애절해 보였다.

그녀는 28살 때부터 데려다 키웠으니 지금 그녀 나이 35살에 아이도 없어 개에 대해 더 애정이 간다고 했다. 그런데도 개를 남에게 보내야 하는 처지인 그녀는 말을 하는 동안 이미 눈가는 젖어갔다. 나 역시 그녀의 얘기를 들으며 그녀의 마음이 가늠되었다. 장차 저 개를 어쩌지 싶으니 눈시울도 붉어졌다.

나는 그녀가 계속해서 개를 키우려고는 하겠지만 잘 키워 줄 만한 사람이 있으면 보냈으면 좋겠다고 말했다. 그녀가 다녀가고 가게에 오는 몇몇 손님에게 개 얘기를 했다. 그러자 우선 나이가 너무 많다며 왜 키우던 개를 남에게 보내느냐며 그 사정부터 물었다. 그녀의 사정 얘기를 했더니 말도 안 된다며 그녀가 키워야 하며, 키울 수 없다면 시설에 보내야 한다는 거였다. 그녀 역시 그런 곳엘 보내지 못해 안 보내는 것이 아니고, 그곳엘 보내면 안락사를 시킨다는 것을 알고 있어 그렇게는 할 수 없다고 한다.

개를 키우는 사람들 대부분이 새끼 때부터 키워 그들이 생명이 다할 때까지 같이 산다. 그런데 가족이 함께 키우는 사람들보다 혼자 살면서 개를 의지하고 사는 사람들이 더 많다 보니 서로가 의지하며 살았을 그 마음이 느껴져 가슴에 애잔하게 남아 있을 때가 많다.

말 그대로 '외로운 동반자'다. 자식이나 친구, 부부 사이에는 고운 정보다 때론 미운 정도 있어 개에 대한 정만큼 그렇게 애틋할까. 잠시 생각에 잠겨본다.

감자야

처음 캐나다에 이민을 와서 키우던 두리를 보내고 다시 강아지들을 키우게 된 세월이 어느새 22년이 됐다.

1마리를 키우고 있었는데, 큰딸이 서울에 나가서 키우던 개(벼락이)를 데리고 들어와 2마리가 됐다. 이에 더해 작은딸마저 강아지 1마리를 데려와 3마리가 됐다. 3마리 모두 사교성이 좋아 사람을 잘 따르고 재롱도 부려 귀여움을 받으면서 지냈다.

그러다가 미처 생각지도 못하고 있는 사이, 암놈인 삼순이와 수놈인 럭키가 짝짓기해 새끼를 두 번 낳았다. 처음엔 6마리, 두 번째는 4마리를 낳았다. 남에게 다 분양하고 새끼 3마리를 내가 더 키우게 되었다. 그런데 남에게 분양했던 강아지 7마리 중에 1마리가 적응하지 못해 다시 우리가 데려오게 되면서부터 전부 7마리를 키우게 됐다.

그 후 큰딸이 결혼해서 분가할 때 3마리를 데리고 갔다. 4마리는 내가 남편과 작은딸이랑 같이 키우다가 남편이 있을 때 1마리를 먼저 하늘나라로 보내고, 작은딸이랑 3마리를 키우다가 2022년 3월에 1마리마저 떠나보냈다.

그렇게 내가 키우던 강아지를 마지막으로 보내고 난 4월에 서울엘 나가서 9월에 왔으니 거의 5개월 만에 돌아왔다.

내가 서울로 떠나기 전엔 큰딸네 집에 개가 2마리 남아 있었다. 그때 남겨진 2마리도 건강 상태가 별로 좋지 않았지만 그래도 죽을 거라는 생각은 전혀 하지 못했다. 서울에 나가 있으면서 카톡으로 큰딸과 소식을 주고받으며 금동이와 짱아는 잘 있느냐고 물으면 딸은 거기에 대한 답변이 없었다.

내가 서울로 가고 나서 5월에 짱아가 저세상으로 갔다고 한다. 그 소식을 들으니 손녀가 얼마나 상심했을까 나도 가슴이 아파왔다. 손녀가 사흘을 울었다고 한다. 슬픔이 그렇게 컸다는 얘기다.

큰딸은 그렇게 키우던 강아지를 보내고 7월에 휴가를 떠나면서 마지막 남은 강아지 금동이를 데리고 갔다고 전한다. 만약 내가 캐나다에 있었다면, 내가 금동이를 보살폈을 테니 여름휴가를 떠나면서 개를 데리고 가지는 않았을 거라는 생각을 해본다. 큰딸네는 작년에 다른 볼일도 있고 해서 휴가를 한 달

예정으로 갔다. 아마 금동이를 데리고 갈 수밖에 없었을 형편
일 것이다.

여행길에 금동이가 아파서 병원을 데리고 갔다고 들었는데,
끝내 금동이 마저 떠나보냈으니 딸 내외는 말할 것도 없지만,
손녀가 슬퍼했을 그 마음은 난 짐작도 하지 못한다.

개를 7마리씩 키우는 사이 손녀가 태어났다. 어려서부터 강
아지들과 같이 성장했다. 그러니 손녀의 강아지 사랑을 어찌
말로 표현할 수 있을까. 이젠 7마리 모두 보내고 나니 강아지
타령을 하는 건 당연한 얘기였다.

어느 날 큰딸네 집에 갔다. 커다란 개가 뒷마당으로 통하는
문에 막아놓은 가림막 사이로 반갑다고 뛰어 내게 뽀뽀를 한
다고 달려들었다. 난 순간 뒤로 넘어지며 주춤거렸다. 마침 개
를 본 사위가 달려 나와 개 목줄을 잡았다. 그것이 나와 '감자'
와의 첫 상봉이었다.

딸은 새로운 강아지 식구가 생겼다고 내게 보여 줄 겸 나를
자기 집으로 부른 거였다. 우린 뒤뜰에 앉아 밥을 먹는 사이 손
녀가 "강아지 이름을 뭘로 지었으면 좋겠느냐?"고 내게 먼저
물었다. 나는 아직 이름을 생각도 해 보지 않았으니 차츰 생각
해 보자고 했다. 그래도 손녀는 제 엄마, 아빠, 이모한테 돌아
가며 강아지 이름을 무엇으로 지었으면 좋겠냐고 묻는 거였다.

손녀의 성화에 내가 지금 이 자리에서 이름을 짓는 것보다는 식구 모두 생각해 보고 좋은 이름으로 짓자고 하고는 그날은 집으로 돌아왔다.

사실 강아지라고 하니, 조그만 강아지 새끼를 연상하게 되지만 새로 키우게 된 강아지는 덩치가 큰 한 살도 되지 않은 골든 리트리버로 대형견이다. 그전엔 말티즈와 말티푸로 부담감이 없었는데 새 식구가 된 개는 너무 커서 내게는 부담이 됐다.

다음에 딸네 집엘 갔더니 강아지 이름을 '감자'라고 지었다고 한다. 순간 난 이번엔 강아지 이름을 멋지게 지어 봐야지 싶었는데, 웬 '감자야!' 그야말로 어휘력의 빈곤함을 실감케 하는 순간이었다. 그동안 강아지 식구들 이름을 큰딸이 다 지었기에 난 내심 기대를 했다. 나 역시 인터넷에서 강아지 이름을 검색해 보고 있었는데, '감자'라니 그 이름이 잘 어울리나 커다란 강아지를 찬찬히 살펴봤다. 그로부터 딸네 집에 가서 감자를 볼 때마다 "감자야." 하고 부르는 내 마음속엔 감자 뒤를 이어 그동안 키웠던 강아지 7마리가 나란히 와서 줄을 서는 느낌이었다.

벼락이, 삼순이, 럭키, 금동이, 이쁜이, 짱아, 금비. 우리가 그들과 함께한 세월이 22년은 되는 것 같다. 그들과 함께한 시간, 추억이 곁에 없다고 사라지는 건 아니다. 이따금 가슴 저리도

손녀 서진이와 손이 두툼한 감자

 감자가 꽤 피곤했던 모양이다

록 보고 싶고 그립다.

'감자', 애들이 이름을 왜 감자라고 지었을까 생각을 해 봤다. 우선 개털이 누런데다가 느낌이 순박하다. 게다가 "손 줘!" 하고 내미는 손을 잡으면 두툼한 손이 감자와 어울리네 싶다. 커다란 덩치의 '감자'가 만져달라고 벌렁 누워 둥그런 눈으로 쳐다볼 때면 내 마음도 이내 감자에게 스며드는 느낌이다.

반려견을 키우다가 떠나보내고 나면 그 빈자리가 너무 커서 다시는 강아지를 키우지 않겠다는 사람이 있기도 하건만, 나는 좀 다른가 보다. 그동안 강아지 식구들과의 추억이 그대로 가슴에 남아 있어도 다른 강아지가 채워 주는 그 넘치는 사랑은 또 다르다. 손녀가 '감자'와 둘도 없는 다정다감한 친구로 뒹굴며 사는 것만 봐도 역시 개를 키우던 사람은 '그 자리를 다시 강아지 식구로 채워야 하는구나.' 푸근하고 행복한 마음으로 바라본다.

껌딱지의 빈자리

안녕하세요?

전 올해 한국 나이로 74살 되는 여자입니다. 언제부터인지 유튜브를 보고 여기에 올라오는 사연을 듣게 되었네요. 이젠 잠도 줄었기 때문일까요?

요즘에는 TV를 보는 시간보다 유튜브 채널을 듣는 시간이 더 많아졌어요. 밤에 잠자리에 들며 불을 끄고는 유튜브에 올라오는 사연을 듣는 것이 더 흥미롭고 관심이 많아졌네요. 한두 편 듣다가 이젠 잠을 자야지, 아니 잠이 올 것 같네 싶어 스마트폰을 끄고 잠을 청합니다. 어떤 날은 잠이 오지만, 어떤 날은 잠이 오지 않아 새벽까지도 듣게 되더군요.

올라오는 사연들을 듣다 보면 세상에 어찌 이런 일이, 아니, 어떻게 그런 환경 속에서 견디고 버티며 살아냈을까 박수라도

'짝짝짝' 쳐 주고 싶을 때도 많더군요. 저는 그런 그들에 비해 평범한 삶을 살았다 싶어요. 하지만 내가 살아온 얘기 중에 얼마 전 키우던 반려견을 떠나보내고 보니 그 허전하고 먹먹한 심정, 보고픈 마음 달랠 길 없어 제가 살아온 견공들과의 삶을 얘기해 볼까 합니다.

전 1992년 남편과 고등학교 1학년, 초등학교 6학년 올라가는 딸을 데리고 캐나다로 이민왔습니다. 와서 보니 우선 딸들이 공부, 학교생활에 적응하는 것이 걱정이고 중요했습니다. 그래서 딸들에게 정서적으로 도움이 될까 싶어 강아지를 1마리 키우기로 했어요. 마침 분양하는 말티즈를 1마리 키우게 되었어요. 이민 오기 전 한국에서도 개들을 키우기는 했지만, 그때는 밖에서 키웠기에 감정이 다르더군요.

이민 오기 전, 식구 모두 캐나다 답사 여행을 다녀왔어요. 캐나다에 와보니 다른 그 무엇보다 자연환경에 매료되었지요. 그래서 이민을 결정하고 오게 되었네요. 이민을 와서 처음 키우던 강아지가 '두리'였어요. 두리는 하얀 털을 하고 있는 자그마한 강아지로 애교가 얼마나 많고 영리한지 우린 강아지에 빠져 너무 재미있고 행복했네요. 새끼를 분양받아 1년 넘게 키웠어요. 그러다 콘도로 이사를 하게 되자 콘도 규정상 개를 키울 수가 없어 정이 듬뿍 들었던 두리를 남의 집으로 보내게 되었어요.

두리와 그렇게 생이별을 하고 나서 난 두리가 너무 보고 싶어 견딜 수가 없었어요. 얼마 동안은 하이웨이로 40~50분 정도 걸리는 두리가 있는 곳을 두리 밥과 간식을 사들고 가기도 했네요. 그때는 매주 주말이면 두리를 보러 갈 마음에 일주일을 설레는 마음으로 생기 넘치게 일하다가 달려가곤 했지요.

그런데 어느 날 두리가 교통사고로 죽었다는 소식을 접했어요. 이제 더는 볼 수 없다는 사실이 너무 가슴이 아파 두리 생각만 하면 그냥 눈물이 흐르더군요. 거의 6개월을 보고 싶었어요. 너무 보고 싶어 눈가가 촉촉하게 젖어 있을 때가 많았지요. 이런 심정은 나뿐이 아닌 남편이나 딸들도 같은 마음이었을 거예요.

그렇게 몇 년이 흐른 어느 날 집엘 들어갔더니 "어, 이게 누구야!" 싶게 깜짝 놀랐어요. 그것은 몇 년 '두리'가 어디 가서 커서 왔나 싶게 '두리'와 너무도 흡사하게 생긴 강아지가 있는 거예요. 목줄도 '두리'가 했던 것과 똑같이 빨간 목줄을 하고 있는 강아지였어요. 난 너무 놀라 이게 "웬 강아지냐!" 하고 물었어요. 그랬더니 딸들이 얘기해 주더군요.

사실은 '두리'를 잃은 상처 때문에 다시는 강아지를 키우지 않으려 했는데, 주변에서 수소문해 '두리'와 같은 종자를 찾았다고 하네요. 그렇게 우리 식구가 된 강아지의 이름은 엄마가 딸 하나 더 키우라는 의미로 '삼순이'로 짓자고 하더군요. 우리는 '두리'를 잃은 슬픔은 뒤로 한 채 다시 '삼순이'를 키우며 삶의 활력을 찾게 되었네요.

그때 '삼순이' 나이는 서너 살이 아니었을까 싶어요. '삼순이'는 대소변을 확실하게 가렸어요. 성격도 순해서 식구들의 사랑을 독차지했지요. 그렇게 해서 '삼순이'와 한 식구가 되어 살고 있었는데, 서울에 나가 살고 있던 큰딸이 그곳에서 키우던 개를 두고 올 수가 없다고 하면서 데리고 왔어요. 우린 개 2마리를 키우며 살게 되었어요.

개를 무척 좋아하다 보니 생각지도 못한 일이 자꾸 생기네요. 어느 날 작은딸이 유학생들이 키우던 강아지가 1마리 있는데, 그들이 한국으로 돌아가면서 오갈 데 없는 강아지가 되었다며 불쌍해서 우리가 데려다 키우면 어떻겠느냐고 간청을 하더군요. 그래서 내가 지금 개 2마리 건사하기도 너무 피곤해서 안 되겠다고 거절을 했어요. 하지만 남편과 딸이 더 잘 돌보겠다고 다짐하듯 해서 데리고 온 강아지가 말티즈 '럭키'예요.

'럭키'는 눈이 작았어요. 애교는 많긴 한데, 그동안 유학생들이 키우면서 대소변도 제대로 가리지 못한다고 매를 많이 맞았는지 눈치를 슬금슬금 보기도 하더군요. 유학생들이 외롭고 적적해서 강아지를 키우기야 했겠지만, 막상 키우다 보면 밥을 주기는 쉬워도 대소변 보이는 일이 보통 어렵고 번거로운 일이 아니거든요. 개를 데리고 산책하는 일도 별로 없었나 봐요. 대소변을 보려고 하면 바닥에 비닐을 깔아 줬다고 해요. 강아지도 유학생들도 적응하기 쉽지 않았을 것 같네요. 그런 환경에서 생활하던 강아지였으니, 한동안은 집안에 비닐만 보면 오줌을 지리는 거예요. 난 그럴 때마다 "아니, 저 강아지는 왜 또 데려다가 나를 귀찮고 힘들게 하느냐." 하며 푸념을 했어요.

왜 아닐까요? 남편과 딸들이 개들을 잘 보살피겠다고 해 놓고는 약속을 지키지 않는 거예요. 3마리 개들 뒤치다꺼리는 내 몫이었지요. 그런데 어느 날 럭키와 삼순이가 짝짓기를 하더니 드디어 새끼 6마리를 출산했지 뭐예요.

정신이 하나도 없더군요. 개 3마리 대소변 처리는 물론 일주일에 몇 번씩 산책을 데리고 나가는 것도 거의 제 담당이었지요. 거기다 새끼 6마리를 낳았으니 그 곰실대는 강아지 새끼가 어찌 그리도 귀엽던지 다시 또 이를 어찌할고 싶었어요.

새끼 6마리를 다 키울 수도 없어 3마리는 남에게 분양했어요. 눈이 예쁘다는 강아지 1마리는 남편이 키우겠다고 하고, 큰딸도 암놈 1마리, 큰딸 남자 친구도 수놈 1마리를 키우겠다고 우겨대는 거예요. 결국 개 3마리에 강아지 새끼 3마리 모두 6마리를 키우게 되었네요.

그렇게 견공들 6마리와 살고 있었는데 럭키를 미처 중성화 수술을 시키지 못하는 바람에 삼순이와 럭키가 다시 짝짓기해서 새끼 4마리를 또 낳은 거예요. 그래서 이번엔 식구들이 더 이상 강아지들에게 마음을 빼앗기지 않겠다고 단단히 각오하게 되었지요.

이번엔 새끼들 모두 남에게 분양하기로 했어요. 그런데 두 번째 낳은 새끼 4마리 중 1마리는 우리와 인연이 닿았는지, 남에게 분양했는데 강아지가 '밥도 잘 먹지 않는다. 오줌똥도 제대로 가리지 못한다. 키울 상황이 되지 않는다'라는 등의 이유로 어쩔 수 없이 다시 우리 집으로 데려왔네요. 아니 내가 남에게 분양하려 해도 남의 집에 가서 살지 못하는 강아지를 내다 버릴 수도 없고, 힘이 들어도 내가 그냥 키울 수밖에 없어 다시 우리 집으로 데려온 거지요. 결국 개 3마리에, 강아지 새끼 4마리, 모두 7마리를 키우게 됐어요.

그렇게 키우다가 큰딸이 결혼하면서 3마리는 데리고 분가를 했고, 제가 4마리를 키우는지 십 년이 넘었네요. 새끼들의 어미인 삼순이는 제일 먼저 저세상으로 가고 말았어요. 그때 삼순이 나이가 17, 18살은 되었을 것 같아요. 저는 3마리를 데리고 살다가, 몇 년 전 남편이 갑자기 심장질환으로 사망을 하는 바람에 저 혼자 개 3마리를 데리고 살 수가 없어 2마리는 작은 딸네로 보냈지요. 그러고 나서 내가 1마리를 데리고 큰딸네로 들어가 살게 됐지요. 몇 년 지나는 사이 혼자 나가서 살까 싶기도 했어요. 하지만 개를 데리고 이사하는 게 쉽지 않았어요. 어쩔 수 없어 이번엔 내가 이쁜이 1마리만 데리고 작은딸네로 들어갔지요. 이미 작은딸네로 보냈던 개 2마리 중 개들의 아비인 럭키는 2019년에 죽었어요.

큰딸네 집에서 살던 어느 날 작은딸이 와서 엄마하고 상의할 일이 있다며 심각하고 침통한 표정으로 말을 꺼내더군요.

얘기인즉슨, 럭키가 많이 아파서 안락사를 시켜야 하는지, 그렇지 않으면 럭키가 더 고통스러울 것 같다고 어찌하면 좋겠냐고 하더군요. 나는 아파하는 걸 보기가 안쓰러워 안락사를 시키기보다는, 그래도 자연사가 더 나을 것 같으니 너무 마음 아파하지 말고 그대로 지켜보자고 했지요. 그랬더니 작은딸은 아쉬움 남기지 않고 마지막 순간까지 애정을 다 하리라 싶었던지 동물병원에 하루 입원을 시켜서 링거를 맞춰 줬다고 하더군요. 그런 딸을 지켜보며 딸아이의 마음을 더더욱 알 수 있을 것 같긴 했어요. 하지만 며칠 지나는 사이 럭키가 죽었다고 전화가 왔더군요.

내가 딸네 집에 도착하니 작은딸은 이미 굳어버린 럭키를 침대에 받혀 안고는 눈이 퉁퉁 부어 럭키를 어찌, 어떻게 보내야 하느냐는 표정을 하더군요. 그렇게 해서 우린 키우던 개 3마리를 우리 곁에서 떠나보냈네요.

이쁜이도 딸네 집에서 1년을 조금 더 살고 저세상으로 떠났지요. 이쁜이는 생각하면 사실 마음이 더 아파요. 이쁜이는 제일 맏이이기도 하지만, 막내인 금비에게 엄마의 사랑을 많이 뺏겨 눈치를 많이 봤어요. 이쁜이는 정에 굶주린 그런 표정일 때가 많아 마음이 싸할 때가 많았어요.

게다가 내가 큰딸네로 데리고 갔으니 그때 큰딸네 개 2마리는 딸이 돌보고, 이쁜이는 내가 보살피고 있었지요. 그러니 같은 형제이긴 해도, 이미 딸네 집에서 살던 개들과 달랐어요. 이쁜이는 이방인처럼 내 꽁무니만 졸졸 따라다녔지요. 내가 잠시만 집을 비워도 불안한 눈빛으로 구석에 들어가 눈만 멀뚱거리고 있어 그런 개를 보는 내 마음도 편치가 않았지요.

몇 년 전, 나는 그런 개를 놓아두고 서울엘 거의 석 달을 나갔다 왔어요. 그사이 얘기를 들고 보니 이쁜이가 밤이 돼도 내가 집에 들어오지 않으니까 현관 앞에 쪼그리고 앉아 있다는 거예요. 잠도 못 자고 기다리는 눈치에 정서불안, 분리불안 증세였는지 수시로 오줌똥을 지리고 토해서 식구들이 애를 먹었던 모양이더군요. 그럴 것을 예상하지 못한 것은 아니지만 어쩔 수 없는 상황이었지요.

개들의 그런 성향을 아는지라 사실은 몇 년 전부터 서울엘 나가고 싶었는데 코로나로 인해 나갈 수도 없었고, 이쁜이는 이미 저세상으로 갔다지만, 다시금 내가 보살피고 있는 '금비, 저 껌딱지를 어떻게 하지?' 그것이 더 마음에 쓰였어요.

언젠가 들은 얘기인데 어떤 사람이 가족 여행을 가면서 키우던 개를 보호소에 맡기고 갔다더군요. 그런데 그들이 2주간의 여행을 마치고 돌아와 보니 보호소에 맡겨뒀던 강아지가 그만 죽고 말았대요. 강아지가 식구들이 얼마나 보고 싶고 불안한 마음에 스트레스를 받았으면 죽었을까 싶어 서울엘 가면서 저 껌딱지 금비를 데리고 갈 수도 없고, 가기는 가야 할 텐데 금비를 볼 때마다 마음이 아려 왔지요.

사실 럭키는 내가 작은딸네 집으로 오기 전에 죽었기에 슬픔이 그렇게 크지 않았어요. 이쁜이 역시 보낼 때 금비가 곁에 있기 때문이었을까요. 그렇게 크게 실감하지 못했네요. 제일 막내인 금비는 나이가 있어 어미인 삼순이를 생각하면 몇 년은 더 살겠지. 낙관을 하고 있었지요. 그런데 어느 순간부터 금비가 밥 먹는 양이 줄기 시작하더군요. 난 속으로 이렇게 생각했지요.

'이쁜이 떠날 때의 조짐을 보니 본인 스스로 밥 먹는 양을 줄이면서 그렇게 2주를 넘기지 못하고 갔는데 금비도 밥 먹는 양이 줄어들고 있어 혹시, 아니겠지.'

그러면서도 신경이 쓰였어요. 전에는 밥을 주면 잘 먹었어요. 저녁을 먹고 나와 같이 침대로 올라오면 간식 좀 달라고 입맛을 다시며 나를 쳐다봤어요. 그러면 "네가 배가 덜 찬 모양이구나." 하며 간식을 주었지요. 맛있게 먹고는 하나 더 달라는 표정을 짓는 날은 '하나만 더 먹자며' 주기도 했지요. 어떨 때는 3개까지도 먹으려고 해서 주곤 했지요. 그런 날은 밤에 물을 먹기 위해 두세 번 일어나요. 물을 먹으면 으레 소변도 보인 다음 잠자리에 들곤 했지요.

그런데 거의 밥 먹는 양을 줄이는 그즈음부터였을 것 같아요. 잘 먹던 간식도 먹지 않는 거예요. 저녁에 침대로 들 때도 금비는 거의 언제나 나랑 같이 내 침대로 와서 내 발밑에 엎드려 있던지, 내 옆에 누워 있다가 제 자리로 내려갔어요. 한밤에도 몇 번씩 오르락내리락했지요. 하여튼 그랬던 금비가 밥도 줄고, 간식을 줘도 먹지도 않고, 내가 안고 침대로 올라오면 이

내 제 자리로 가서 눕더군요.

아마 그 몇 달 전부터 계단을 오르내리지를 못해서 그때마다 내가 데리고 올라오고 다시 안고 내려갔지요. 그런 상황이다 보니 저녁에 작은딸이 거실에 있을 때면 금비가 어떻게 하나 두고 보자며 "금비야, 엄마 올라간다. 너 언니하고 놀다 올라와." 하고 나 혼자 2층으로 올라갔어요. 그러면 금비는 자기를 안고 올라가지 않는다고 서운한 눈빛을 하며 나를 올려다보지요. 작은딸 역시 "엄마, 금비 바로 안고 올라가." 하고 채근을 하지요.

그럼 나는 금비를 안고 올라오기 위해 내려가요. 어떤 날은 내려가는 나를 금비가 계단 아래서 망연히 올려다보기도 하고, 또 어떤 날에는 몇 계단 올라오다 계단이 구부러지는 지점까지는 올라오지를 못해 불안한 눈빛으로 앉아서 기다려요. 가끔 내가 집에 없는 사이 계단을 오르내리다가 굴러떨어져 계단 오르내리는 데 대한 불안감이 있어 그렇게 되었던 것 같아요. 그런 상황이다 보니 거의 언제나 금비를 안고 올라오지요. 딸과 사위가 거실에 있어도 으레 나를 따라서 올라오는 것을 아는 딸이 "엄마, 아예 안고 올라가"라고 하지요.

금비는 처음부터 내 '껌딱지'였어요. 작은딸네로 보내기 전, 남편이 떠나기 전, 남편과 내가 삼순이를 먼저 보내고 럭키와 이쁜이, 금비를 데리고 사는 동안, 늘 개 3마리가 우리 침대에서 같이 잤어요. 금비는 내 가슴팍에 안기듯 하며 잤고, 럭키는 나와 남편 사이에서, 이쁜이는 내 발치에서 잤지요. 바닥에 개들 침대를 하나 놓아 주었지만 거의 언제나 우리 침대에서 같이 자곤 했답니다.

그러다가 남편이 세상을 떠나고 작은딸네로 2마리를 보내 놓았더니, 사위가 아토피가 있어 개 2마리는 침실이 있는 2층엔 올라가지도 못하고, 아래층 거실에서 같이 잔다고 하더군요. 그런 사실을 알고는 난 늘 마음이 짠했지요. 동물도 길들이기 마련이겠지만, 엄마 아빠와 같이 살며 잠도 한 침대에서 어우러져 자다가 어느 순간부터 엄마 아빠가 아닌 언니와 살다 보니 그런가 봐요. 몇 년 전까지만 해도 언니는 같이 살았기에 아주 낯설지는 않다고 해도, 저희만 둘이 2층엔 올라가지도 못하고 거실에서 자야 했으니 마음이 많이 상했을 거예요.

게다가 나랑 살 때는 적어도 일주일에 몇 번은 산책을 데리고 다녔는데, 딸네 집으로 온 후로는 산책도 거의 데리고 나가지를 못하니 개들이 스트레스를 받는 건 물론이고, 얼마나 외롭고 마음이 아팠을까 나도 늘 그것이 마음이 아리고 쓰렸지요. 개들을 딸네 집으로 보내 놓고 나서 산책하러 나가지 못하는 걸 알기에 몇 번은 내가 딸네 집에 가서 개들 산책을 시켜

럭키와 짱아랑 함께

주곤 했어요. 하지만 그것도 몇 번이나 됐을까요.

어느 날 작은딸한테 럭키가 아프다는 소식을 들었을 때 그동안 스트레스를 많이 받아 마음의 병이기도 하겠다 싶었습니다. 죽었다는 말을 들었을 때는 마음의 병이 깊어져 그렇게 빨리 죽었구나 싶어 가슴이 너무 아렸었지요.

그렇게 럭키도, 이쁜이도 보내 놓고 1년 이상을 난 금비와 너무도 행복하게 잘 지냈어요. 내가 본래 산책을 좋아하기도 했지만, 개들이 있었기에 더 재미있고 행복하게 다닐 수가 있었던 거지요.

어느 날, 먼저 살던 동네에서 개 4마리를 데리고 산책을 나갔어요. 그때는 개 6마리를 키울 때였는데 한꺼번에 6마리를 다 데리고 나갈 수가 없어 아마 4마리만 데리고 나갔을 거예요. 산책을 하다가 우연히 길에서 한국인 모녀를 만났어요. 그때 그들은 이민을 온 지 얼마 되지 않았어요. 그들은 개를 워낙 좋아했나 봐요. 당시 그들은 개를 키우지 않았는데 인연이 되려고 했는지 내가 개들을 데리고 산책하러 나갈 때면 거의 동행을 해 주어 난 덕분에 힘도 덜 들었고 즐겁게 시간을 보낼 수 있었지요. 가끔은 모녀랑 같이 셋이서 산책했지만 거의 할머니랑 둘이서 개들을 모두 데리고 산책 다녔지요.

내가 즐기는 산책은 개들이 있었기에 가능했던 일이었어요. 산책은 내 일상이 되었고, 친구를 만나지 않아도 외롭지 않았어요. 개들과의 산책은 내 삶에서 가장 편안한 즐거움이요, 행복이었지요. 그랬는데 이젠 개들을 다 보내고 나니 금비와 지내는 시간이 정말 소중했어요. 우린 서로가 서로의 '단짝, 껌딱지'였어요.

이젠 내가 은퇴를 했어요. 금비와 함께 편안하고 여유로운 일상을 즐기게 됐네요. 남편이 없어도, 다른 취미, 홍밋거리가 없어도 음악을 들으며 산책 다니는 그 시간이 참으로 행복하고 좋았지요.

언제든 해만 나면 그냥 밖으로 나가고 싶어 "금비야 나가자." 하며 집을 나서면 금비는 차에 팔짝 뛰어올라 뒷좌석에 가서 납작 엎드린답니다. 새끼 때에는 차에 태우면 불안한지 '헉헉'대는 바람에 같이 드라이브를 즐기는 맛이 별로 없었지요. 이젠 금비도 나이가 들었나 봐요. 차에 타는 게 익숙해져 좀 먼 거리도 편안하게 드라이브를 즐길 수 있네요.

난 굳이 친구를 만나지 않아도 외로운 줄 모르고 너무너무 재미있게 다녔지요. 차를 타고 집 주변의 가장 넓은 공원에 차를 세우고 잔디 공원을 중심으로 다녔지요. 산책로를 걷다가 힘들면 벤치에 앉아 금비 목줄을 풀어 주지요. 그러면 금비는 공원을 달리기라도 하듯 신바람 나게 달리지요. 금비가 엄청 좋아해요. 공원이 넓기도 하지만 사람이 많지 않기 때문에 가능한 일이에요. 공원에 가려면 차로는 5~10분 걸리고, 걸어서 가면 1시간, 다른 코스로 돌면 40분이 걸려요. 중간지점에 차를 세우고 산책로를 걸을 수도 있지요. 같은 공원이지만 코스가 몇 개 되는 셈이에요.

어느 날은 운동량을 좀 늘려볼까 집에서부터 걸어갈 때도 있어요. 걷는 동안 금비가 힘들어하든지, 꾀를 부리면 걸을 수가 없는데 금비는 힘든 줄도 몰라요. 산책하기를, 걷기를 너무 좋아했어요. 왕복 2시간 거릴 다녀온 적도 몇 번 있었지요. 그렇게 다녀온 날 저녁에는 다리가 욱신욱신해요. 금비도 힘든가 봐요. 그래서 다음부터는 왕복 1시간 3~40분 코스로 정했어요. 코스가 적당하니 나도 힘이 덜 들고 금비도 잘 다녀 참 재미있게 산책을 다녔네요.

지난 여름 어느 날이었어요, 구름이 끼고 흐리긴 했지만 산책하기에는 그런대로 괜찮은 날이었지요. 그날도 나가고 싶어 금비를 데리고 나갔어요. 차를 공원 중간지점에 세우고 산책로를 한 바퀴 돌아오는데, 빗방울이 떨어지기 시작하더니 급기야 소나기를 만나고 말았지요. 주차장까지 걸어서도 15분 정도는 되는 거리여서 좀 당황스러웠어요. 난 금비를 안고 커다란 나무에 바짝 붙어 서서 비를 피하고 있었지요. 그런데 비가 금방 그칠 기미가 아니어서 금비와 같이 뛰기로 했지요. 비를 쫄딱 맞아 나도 힘들고 금비도 고생했지요. 금비한테 미안한 마음이 들었어요. 이런 날은 집에서 쉬는 건데 여름엔 하루라도 집에서 있기가 아쉬워 집을 나섰던 게 큰 낭패였어요. 그렇게 비를 맞고 겨우 차에 올라타서 수건으로 금비를 닦아 주고 집에 와서 샤워를 시켜 주었네요. 그런 날은 금비도 많이 피곤했던지 잠을 곤하게 잘 자더군요.

그렇게 12월 초까지 둘이 잘 다녔지요. 그런데 한겨울에 접어들며, 아니 금비가 밥 먹는 양이 줄어들면서부터는 공원엘 나가도 잘 걷지를 않는 거예요. 그때까지도 금비가 그렇게 빨리 갈 줄을 몰랐어요. 으레 그렇기도 했지만 금비 기력이 떨어지면서부터는 아침이면 금비를 보며 "금비야 잘 잤어? 오늘은 기운 내서 산책하러 가자. 밥을 잘 먹어야 엄마랑 같이 산책하러 가지." 하며 말을 걸지요.

나는 날씨가 영하로 떨어져도 햇빛만 나면 눈 쌓인 공원을 나가고 싶어 금비를 데리고 나갈 때가 많았어요. 넓은 공원에 하얗게 쌓인 눈 위를 걷는 거예요. 어느 날은 눈에 푹푹 빠져 공원엔 들어갈 수도 없었어요. 집으로 돌아가기도 뭐해 산책로를 걸으며 금비를 내려놓았지요. 그러자 금비가 몇 발자국 걷다가는 멈추어 서 버리는 거예요. 왜 그런가 하고 내가 가슴에 안고 보니 코에 고드름이 달렸더군요. 그런 금비를 보며 추워서 안 되겠다며 다시 차에 태워 집으로 돌아왔지요. 1, 2주를 그렇게 지나는 사이 금비의 기력은 더 떨어지는 듯했어요. 난 이제 금비와 산책을 몇 번이나 더 다닐 수 있을까 싶어서 해가 있는 날엔 차에 태우고 나가 담요에 싸서 안고 다녔어요.

어느 날인가 큰딸이 유모차를 갖다 주더군요. 이젠 데리고 나가도 다리에 힘이 없어 걷지를 못 하니 유모차에 태워 끌고 나가라고 갖다준 거예요. 그날 거기에 태웠더니 고개도 들지 못하고 목을 유모차 앞부분에 기대어 있더군요. 집으로 들어와 딸이 주사기로 분유와 영양제를 조금씩 목으로 흘려 넘겨 줬어요.

그런 다음 날이면 난 금비를 쳐다보며 "금비야, 잘 잤어? 오늘도 살아 줘서 고맙다"라며 머리를 쓰다듬어 주었지요. 그러면서 "금비야, 뭘 조금이라도 먹어야 기운 내서 하루라도 더 살지. 그래야 산책하러 나가는 거야." 하며 말했어요. 난 금비에게 그렇게 말을 하면서도 과연 며칠이나 더 살까 싶어 목구멍이 매캐해 오며 눈시울이 붉어지곤 했네요.

다음 날도 햇빛이 나길래 금비 데리고 산책하러 나가야겠다

금비 코에 고드름이 달렸네

금비와 유모차

며 담요에 싸서 안고는 차에 태웠어요. 차에 태우고 운전석에 앉으며 시동을 걸면서 보니 금비 다리가 떨리기 시작하더군요. 그래서 산책은 안 되겠다며 금비를 안고 방으로 들어왔어요. 저녁에 집으로 들어온 딸이 억지로 주사기로 분유를 먹이기에, 난 옆에서 "금비가 오늘도 조금 먹었으니 며칠은 더 살겠네." 하며 금비를 쳐다봤네요. 밤이 되어 금비를 제 침대에 뉘어놓고 잠을 자라고 했어요. 그랬더니 나를 올려다보기에 "엄마가 그렇게 좋아. 이제 편하게 눈을 감고 잠 좀 편하게 자라"며 눈을 감겨 주었어요.

그런데 갑자기 금비가 팔다리를 떨기 시작하는 거예요. 난 겁이 나서 딸을 불렀어요. 딸이 와서 금비를 가슴에 안아 토닥이며 쓰다듬어 주었더니 금방 잠잠해져 자리에 뉘였어요. 나는 한밤에도 몇 번씩 금비가 숨을 쉬는지, 체온이 떨어지지 않는지 살펴보고 만져 보았어요. 그때까지도 내가 쳐다보면 저도 나를 올려다보는 눈이 초점은 있게 보여 며칠은 더 살겠네 싶었어요. 조금은 느긋해지는 마음이 됐지요.

밤사이 한두 차례 몸을 떠는 것 같기에 팔을 주물러 주며 체온을 보니 따뜻해서 안심했어요. 새벽녘에 또 움직이는 소리가 나기에 순간 딸을 부를까 하다가, 내가 만져 주니 다시 잠잠해지기에 괜찮은 줄 알았지요. 그러는 사이 딸이 방으로 들어와 금비를 살펴보니 생명줄을 놓은 모양이었어요. 딸은 이미 금비가 갈 것을 알았는지 그날은 직장을 쉬겠다고 하더군요. 그러면서 금비의 상태를 지켜보고 있었는데 마지막 순간, 마지막 숨을 거두는 그 순간을 놓쳐버렸어요.

나도 딸도 너무 허탈하고 안타까웠어요. 마지막을 그렇게 보냈다는 죄책감까지 들며 가슴이 먹먹해 왔어요. 딸은 하루 종일 얼마나 울었는지 몰라요. 눈이 퉁퉁 부었지요. 동물병원 마감 전 5시 반에 이미 굳어버린 금비를 딸이 안고 함께 갔네요. 병원에서 마지막으로 금비와 고별인사를 하고 우린 집으로 왔어요. 그날 저녁은 저녁밥도 먹을 수가 없었네요.

난 남편을 보내고도 이렇게까지 슬프지도, 가슴 먹먹하지도 않았어요. 그런데 이게 웬일일까! 집안이 텅 빈 것 같더군요. 방에도, 거실에도, 세상 어디에도 없는 그 작은 생명체의 존재가 이렇게 내 가슴을 차지했던가 싶었어요. 마지막 순간에 가슴에 안고라도 보냈더라면 이렇게 가슴이 저리지는 않았을 터인데, 아쉽고 불쌍해서 눈물이 그냥 흐르네요. 해가 나도 공원엘 나가고 싶은 마음도 사라졌네요. 금비의 존재가 이토록 컸었나 다시 또 가슴이 먹먹해 오네요.

개들의 어미인 삼순이는 화장을 하고는 유골을 돌려받지 않

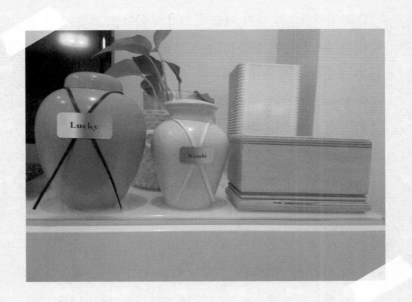

 럭키와 금비, 이쁜이의 유골함

왔지요. 그런데 벼락이를 보내고는 큰딸은 유골함을 집으로 가져오더군요. 난 딸애가 뭘 그렇게까지 할까 싶기도 했지만 나중에 어디엔가 유골을 묻거나 뿌려 준다기에 관망만 하고 있었네요.

그 후 새끼들의 아비인 럭키가 죽고 나니 작은딸 역시 유골항아리를 집으로 가져오더군요. 이쁜이의 유골함도 집으로 가져왔고, 금비 역시 죽고 나서 유골함을 집으로 가져왔지요. 그러니 작은딸네 개들의 유골함이 세 개, 큰딸네 개 3마리의 유골함 역시 어쩌지 못하고 집으로 가져왔네요.

개들의 유골을 집에 갖다 놓고 보니 럭키와 금비는 항아리에, 이쁜이는 관처럼 생긴 작은 나무상자에 넣어져 있더군요. 항아리와 관의 가격 차이는 백 불이더군요. 길게 보면 백 불이 대단한 거겠어요? 하지만 굳이 거기다 돈을 더 쓸 필요가 있나 했던 건데, 과연 집에다 갖다 놓고 보니 예쁜 항아리에 담긴 럭키와 금비와 달리 나무상자에 담긴 이쁜이를 보니 다시 마음이 싸해지네요. 평소에도 엄마 사랑에 목말라했는데, 마지막 모습도 이렇게 다르네! 순간 내 결정이 가끔은 아쉽고 미안한, 가슴 싸한 결과물로 남게 되었네! 작은 후회가 되네요.

난 그런 딸들을 지켜보며 부모의 '유골'을 집에 간직하고 있는 자식이 있을까 싶네요. 그런 것에 비하면 애견, 즉 '반려견'

은 죽어서도 부모 이상으로 남겨진 사람에게 영원히 잊지 못할 아픔이요, 그리움이 아닌가 싶어요. 혼자 다니는 산책길에서 금비의 옆자리, 빈자리가 느껴지네요. 가슴 시리도록 보고 싶네요. 얼마나 그리운지 가슴이 먹먹해지며 눈물이 볼을 타고 흐르더군요.

며칠 전 큰딸이 손녀(11살)와 같이 우리 집엘 왔어요. 손녀는 집에 들어서면 으레 먼저 떠난 이쁜이는 언제 오느냐고 묻곤 하지요. 이쁜이가 세상을 떠난 지 일 년이 넘었건만 어쩌다 보니 죽었다는 말을 하지 못하고, 할머니 친구 집으로 보냈다고 했거든요. 그 후 이쁜이가 언제 오느냐?, 왜 오지 않느냐?고 잊지 않고 묻는 거예요. 사실대로 제 어미가 말을 해 주겠지 하고 차일피일 미루다 보니 아직도 제대로 알려 주지도 못하고 있었네요. 다시 또 금비를 보내고 보니 이번엔 큰딸이 미룰 일이 아니다 싶었는지 사실대로 말을 해 줬나 봅니다.

저녁을 먹으려고 다 차려 놨는데, 갑자기 손녀가 우는 거예요. 그래서 내가 "얘가 왜 우느냐?"고 했더니 금비 소식을 듣고는 그런다고 하네요. 딸은 손녀와 같이 한글학교 가는 길에 잠깐 들러 밥만 먹고 갈 작정이었는데 손녀는 좀체 울음을 멈추지 않는 거예요. 큰딸도, 나도 다시금 금비 생각에 목이 메이도록 울었어요. 세 모녀가 앉아 밥도 못 먹고 울기를 거의 1시간이 넘은 것 같으네요. 결국 한글학교도 가지 못하고 그렇게 울다가 딸과 손녀는 갔네요.

나도 금비를 보낸 지 3주가 되어 오건만 기력을 제대로 찾을 수 없었는데, 손녀는 그 어린 가슴에 얼마나 오래 가려나 싶어 집을 나서는 손녀를 안아 주며 "서진아, 왜 그렇게 울었어? 금비가 보고 싶어서? 아니면 불쌍해서 그랬니?라고 물었더니 '보스, 둘 다요."라고 하네요.

며칠 뒤, 막내 남동생이 키우던 고양이가 하늘나라로 갔다며 단톡방에 사진을 올렸더군요. 아직은 사랑하는 아들(고양이)을 가슴에서 떠나보내지 못한다고 친정 단톡방에 울먹이며 마지막 숨진 모습까지 담아 올렸더군요.

사실 나는 개들의 마지막 모습은 차마 사진에 담을 수 없어 죽은 모습은 한 장도 없거든요. 그런데 막냇동생은 마지막 가는 모습을 안아서 보냈나 봐요. 그렇게 찍은 사진을 보며 순간의 아픔, 슬픔이, 내겐 고스란히 전해져 와서 더 가슴이 아팠네요. 막냇동생은 자식이 없답니다. 고양이 1마리 키우며 올케와 같이 얼마나 애틋하게 정을 나누며 살았을까 짐작이 가고도 남지요. 막냇동생은 결혼이라도 해서 둘이 서로 의지를 하며 살겠지 하니 저로서는 그것도 참 위안이 되더군요.

우리가 세상을 살며 인연을 빼면 무엇이 남을까 싶어요. 새

삶 돌아보니 그 인연이란? 사람과 사람만의 인연이 아니고 반려견, 반려묘와의 인연도 무시할 수 없는 커다란 비중을 차지하네요. 사람과의 인연, 비록 부부간의 인연일지라도 부부 사이엔, 여러 가지 감정에 얽혀 오래도록 애틋하고 보고 싶어 애절한 그런 감정은 많지 않을 것 같아요.

하지만 애견과의 인연은 특별하다 싶네요. 밉고 서운한 감정은 별로 없이 애잔하게 가슴 적시는 그런 감정이 더 많은 것 같아요. 평생 살면서 악연을 만나지 않은 것도 고맙고, 이민살이 어느덧 30년이 넘었건만 견공들과 지내다 보니 세월 가는 줄도 모르고 무디었나 봅니다.

세상에는 남자도 여자도 많기도 하지요. 그 많은 사람 중에 내 마음에 들고, 좋아하고, 사랑하는 '짝', 즉 '배우자'를 만나기가 참 어렵지요. 그런 것에 비하면 '반려견'을 만나기는 한결 수월한 것 같아요. 전 다시금, 강아지 1마리 데려다 외롭지 않게 따스한 온기 느끼면서 노년을 살아보렵니다.

여러분들도 모쪼록 주변의 인연을 소중히 여기고 마음의 정 함께하며, 늘 포근하고 행복한 일상 누리시기를 바랍니다. 노후에 반려견과 함께 행복한 일상을 누리는 것은 최고의 행운 중 하나가 아닐까요.

칼럼 5

펫 로스 증후군,
어떻게 하면 극복할 수 있을까?

펫 로스 증후군은 반려동물을 잃었을 때 발생하는 정서적, 심리적 충격 및 스트레스
를 나타내는 현상이다. 이는 주인이 반려동물과 함께한 소중한 경험들을 잃음으로써
나타나는 현상으로, 반려동물과의 강한 유대감으로 인해 상실이 더욱 크다. 반려동
물 상실로 인한 감정은 슬픔, 분노, 혼란, 그리고 외로움과 같은 다양한 형태로 나타
난다. 특히, 반려동물은 주인에게 무조건적인 사랑과 지지를 제공하므로 그 손실은
깊은 감정의 파동을 유발할 수 있다. 그러니 이러한 감정을 극복하기 위해서는 슬픔
을 허용하고 받아들이는 것이 우선이다. 그럼 여기서 상실로 인한 우울감을 극복하
는 방법에 대해 구체적으로 살펴보자.

첫 번째로, 기념행사를 마련하거나 반려동물의 추억을 기록하는 것이 도움이 된다.
예를 들어 사진, 일기, 혹은 추억의 물건을 통해 그동안의 소중한 순간들을 회상하며
반려동물과의 소중한 경험을 간직하면 마음 치유에 도움이 될 수 있다.
두 번째로, 정서적인 치유를 위해 명상이나 요가와 같은 심신 안정을 도모하는 활동
도 시도해 볼 수 있다.
세 번째로, 사회적 지원도 효과적이다. 가족이나 친구들과의 소통, 동물 친구들과 교
감, 혹은 전문가와의 상담을 통해 감정을 나누고 지지를 받는 것 역시 중요하다. 다
른 반려동물과의 교감은 새로운 친구와의 유대감을 형성하여 상실로 인한 외로움을
줄여 준다.

요약하면, 반려동물 상실 증후군은 깊은 감정적 충격을 일으킬 수 있는데, 이를 극복하기 위해서는 먼저 감정을 허용하고 표현해야 한다. 그리고 반려동물의 추억을 기리는 방식으로 기념하고 사회적 지원을 받아내며, 새로운 관심사를 찾아 활동하는 것이 중요하다. 이러한 활동은 모두 마음을 진정시키고 스트레스를 해소하는데 도움이 되며, 반려동물과의 상실에서 비롯된 감정을 좀 더 효과적으로 다루게 해 준다.

최근에는 죽은 반려동물을 위해 절에 가서 49재와 천도재를 지내줌으로써 펫 로스 증후군을 극복했다는 사람도 있고, 죽은 반려견을 복제해 가족의 마음 치유에 도움이 됐다는 한 유튜버의 영상도 있다. 그러나 반려동물을 복제하는 것이 생명 윤리상 괜찮은지는 논란의 소지가 있다.

반려견, 어떻게 키워야 하나

반려견을 키우는 일은 큰 책임이지만, 동시에 많은 기쁨을 주는 경험이기도 하다. 반려견을 잘 키우기 위해 고려해야 할 몇 가지 중요한 요소들이 있다. 여기 반려견을 잘 키우기 위한 기본적인 가이드를 소개한다.

1. 적절한 식단과 물 제공

반려견에게 나이, 크기, 활동 수준에 맞는 고품질의 사료를 제공한다. 신선하고 깨끗한 물도 항상 충분히 제공해야 한다. 과식과 비만을 피하기 위해 사료의 양을 적절히 조절하는 것도 잊지 말아야 한다. 간식은 반려견의 일일 칼로리 섭취량의 10% 이내로 제한해야 한다. 인간의 음식은, 특히 짠 음식이나 단 음식, 양파, 초콜릿, 포도, 건포도, 마늘 등 반려견에게 해로울 수 있는 음식은 피한다.

균형 잡힌 영양소

- 단백질: 반려견의 식단에서 매우 중요한 성분으로, 근육 유지 및 성장에 필수적이다. 고기, 생선, 달걀과 같은 고품질의 단백질 원을 선택해야 한다.
- 지방: 에너지원으로 중요하며, 피부와 모질의 건강을 유지하는 데 필요하다. 오메가-3와 오메가-6 지방산은 특히 중요하며, 생선 기름이나 아마씨 기름에서 찾을 수 있다.
- 탄수화물: 에너지를 제공하고, 소화를 돕는 섬유질을 포함한다. 쌀, 보리, 고구마와 같은 곡물이나 채소를 통해 제공될 수 있다.
- 비타민과 미네랄: 반려견의 전반적인 건강과 면역 체계를 유지하는 데 필수적이다. 상업적으로 제조된 사료는 일반적으로 이러한 영양소를 균형있게 포함하고 있다.

나이에 맞는 식단

- 강아지: 높은 에너지와 단백질이 필요하며, 성장을 지원하기 위한 특정 비타민과 미네랄이 더 필요할 수 있다.
- 성견: 활동 수준에 맞추어 균형 잡힌 식단을 제공한다. 과체중을 방지하기 위해 에너지 섭취량을 조절해야 한다.
- 노령견: 소화가 안 될 수 있으므로 소화가 잘되는 식단이 필요하며, 관절 건강을 지원하기 위한 보충제를 고려할 수 있다.

2. 정기적인 운동과 놀이

매일 적절한 운동을 제공하여 반려견이 신체적으로 건강하고 정신적으로 만족하도록 한다. 산책, 달리기, 놀이 등을 통해 에너지를 발산시키고, 사회화 기회를 제공해야 한다.

3. 건강 관리

정기적인 동물병원 방문으로 건강 검진, 예방 접종, 기생충 예방 등을 포함한 종합적인 건강 관리를 해야 하고 반려견이 이상 징후를 보일 때에는 즉시 수의사와 상담한다.

4. 위생 관리

정기적인 목욕과 빗질로 반려견의 피부와 모질을 건강하게 유지해야 하며, 또한 정기적인 구강 관리와 발톱 깎기로 반려견의 위생을 관리한다.

5. 훈련과 교육

기본적인 순종 훈련과 사회화는 반려견이 주변 환경에 잘 적응하고, 사람들과 잘 지내도록 돕는다. 긍정적인 강화 방법을 사용하여 반려견에게 기본 명령어 "앉아", "기다려", "옆에", "이리 와", "멈춰"를 이해하고 실행할 수 있도록 훈련시키는 구체적인 방법을 가르쳐야 한다. 그 방법은 다음과 같다.

"앉아"

❶ 간식을 손에 쥐고 반려견의 코앞에 가져간다.

❷ 간식을 천천히 반려견의 머리 위로 옮기면서 뒤로 당긴다. 이때 반려견
의 엉덩이가 자연스럽게 바닥에 닿는다. 바닥에 엉덩이가 닿는 순간 "앉
아"라고 말하며, 간식을 보상으로 준다.

❸ 이 과정을 반복하여 반려견이 "앉아"라는 명령어를 이해하도록 한다.

"기다려"

❶ 반려견이 이미 "앉아"를 잘 수행할 때, "기다려" 훈련을 시작한다.

❷ 반려견이 앉아 있는 상태에서, "기다려"라고 말하고 몇 걸음 떨어진다.
처음에는 단 몇 초만 기다리게 한 다음, 점차 기다리는 시간을 늘려간다.

❸ 반려견이 기다리는 동안 움직이지 않으면 돌아와서 간식으로 보상한다.

"옆에"

❶ 반려견의 목줄을 잡고, 반려견이 반려인의 옆에 선다.

❶ 간식을 반려인이 반려견에게 원하는 위치(대개는 발 옆)에 가까이 하면서
"옆에"라고 말한다.

❸ 반려견이 올바른 위치에 있을 때, 즉시 간식으로 보상하고 칭찬한다.

- 이 명령어는 반려견이 산책 중에 반려인의 옆에서 걷도록 유도하는 데 도움이 된다.

"이리 와"

❶ 반려견과 일정 거리를 두고 "이리 와"라고 명령한다.

❷ 처음에는 짧은 거리에서 시작하고, 반려견이 반려인에게 오면 즉시 간식으로 보상한다.

❸ 점차 거리를 늘려가며 반려견이 더 멀리서도 명령어에 반응하도록 한다.

"멈춰"

❶ 반려견과 함께 천천히 걷다가 "멈춰"라고 분명하게 명령한다. 이때 명령어를 항상 동일한 톤과 제스처를 사용하여 반려견이 쉽게 인식할 수 있도록 한다.

❷ 반려견이 멈추면, 즉시 간식으로 보상하고 칭찬한다. 만약 반려견이 멈추지 않는 경우에는 걷는 것을 중단하고 반려견의 주의를 다시 끌기 위해 간식을 사용한다. 다시 "멈춰"라고 명령하고 반응하면 보상한다.

❸ 처음에는 반려견이 쉽게 멈출 수 있는 짧은 거리에서 시작하고, 명령어에 익숙해지면, 거리를 점차 늘려간다. 반려견이 속도를 내거나 다른 방해물이 있을 때도 멈출 수 있도록 훈련의 난이도를 높여간다.

각 명령어를 가르칠 때는 반복적인 연습과 인내가 필요하며, 반려견이 올바르게 수행할 때마다 적절한 보상을 제공하여 긍정적인 행동을 강화하는 것이 중요하다. 모든 훈련은 반려견의 속도와 반응을 고려하여 조절해야 하며, 강압적인 방법은 피하면서 항상 긍정적인 강화 방법을 사용해야 한다. 훈련 시간은 짧게 유지하는 것이 좋다. 보통 5~10분 정도가 적당하며, 하루에 여러 번 짧게 훈련하는 것이 효과적이다. 명령어는 항상 같은 단어와 음성 톤을 사용하고, 가족 구성원 모두가 동일한 명령어을 사용하는 것이 중요하다.

6. 안전한 환경 제공

반려견이 위험에 노출되지 않도록 집안과 외부 환경을 안전하게 만든다. 독이 있는 식물, 위험한 물건들을 반려견이 닿지 않는 곳에 보관한다.

7. 정서적인 지원

반려견과 많은 시간을 보내면서 애정과 관심을 표현한다. 반려견이 안정감을 느끼고 사랑받고 있음을 알 수 있도록 해야 한다.

8. 사회화

다양한 사람들, 동물들, 환경들과의 긍정적인 경험을 통해 반려견의 사회화를 촉진한다. 이는 반려견이 다양한 상황에 두려움 없이 대처할 수 있도록 돕는 것이다.

반려견을 키우는 것은 지속적인 학습과 노력을 요구한다. 반려견과의 생활은 서로에게 많은 기쁨과 만족을 줄 것이다. 중요한 것은 사랑, 인내, 그리고 반려견의 건강과 행복을 최우선으로 하는 것이다.

실전 산책 훈련

실전 산책 훈련은 반려견과의 산책을 보다 즐겁고 안전하게 만들기 위한 구체적인 방법을 말한다. 이러한 훈련은 반려견이 다양한 환경과 상황에서도 주인의 지시를 잘 따르게 하고, 불필요한 스트레스나 위험으로부터 보호해 준다. 다음은 실전 산책 훈련에 대한 단계별 가이드다.

1. 준비 단계

반려견에게 맞는 목줄과 가슴줄, 리드줄을 준비하고 반려견이 이에 익숙해지도록 한다. 반려견이 산책에 필요한 기본 명령어(예: "앉아", "기다려", "옆에", "이리 와")를 이해하고 실행할 수 있도록 훈련한다.

2. 집 안에서의 연습

처음에는 집 안이나 마당에서 짧은 산책 연습을 시작한다. 리드줄을 목줄에 연결하고 리드줄이 당겨지는 느낌에 익숙해지도록 연습한다. 리드줄이 당겨지면 멈추고, 늘어주면 주인 옆에서 걷도록 유도한다. 반려견이 옆에 올 때까지 기다렸다가 오면 칭찬하고 다시 걷기 시작한다.

3. 조용한 환경에서의 산책 시작

처음에는 반려견이 산책의 기본적인 루틴과 명령어에 집중할 수 있도록 사람이나 다른 동물이 없는 조용한 환경에서 산책을 시작한다.

4. 명령어와 보상을 활용한 훈련

산책 중 반려견이 주인의 지시를 잘 따를 때마다 긍정적인 보상(간식, 칭찬 등)을 제공한다. 특히, 산책 중 만날 수 있는 다양한 상황(다른 사람이나 동물과 마주침, 소음 등)에 대해 긍정적인 반응을 보일 때 보상한다.

5. 다양한 환경과 상황에 노출

반려견이 다양한 환경과 상황에 점차 익숙해질 수 있도록, 점진적으로 산책하는 장소와 시간을 다양화한다. 반려견의 사회화를 촉진하고, 불안정한 상황에 대한 둔감화를 돕기 때문이다.

6. 예상치 못한 상황 대처 연습

산책 중 예상치 못한 상황(예: 길을 건너는 자동차, 갑작스런 소음 등)에 대처하는 방법을 연습한다. 예를 들어, 급작스런 상황에서 "기다려" 명령어를 사용하여 반려견이 안전하게 멈출 수 있도록 훈련한다.

7. 인내심을 가지고 일관성 있게 훈련

모든 훈련은 인내심을 가지고 일관성 있게 접근해야 한다. 반려견이 각 단계를 통과하는 데 필요한 시간은 개별로 다를 수 있으므로, 반려견의 속도에 맞춰 차분하게 진행하는 것이 중요하다.

8. 긍정적인 상호작용 강화

산책 중 다른 사람이나 동물과의 긍정적인 상호작용을 격려하고, 반려견이 친근하게 접근하거나 호기심을 보일 때 긍정적인 보상을 제공한다. 이는 반려견의 사회화 능력을 강화하고, 다양한 상황에서의 적절한 행동을 장려하기 때문이다.

9. 긴급 상황에 대비한 명령어 연습

"돌아가", "멈춰"와 같은 긴급 상황에 사용할 수 있는 명령어를 반복적으로 연습하여, 반려견이 위험한 상황에서도 즉각적으로 반응할 수 있도록 한다.

10. 배설 훈련

산책 중 반려견이 배설을 할 때는 적절한 장소를 선택하도록 유도하고, 배설 후에는 반드시 정리해야 한다. 이 과정에서도 반려견이 잘 따랐다면 긍정적인 보상을 제공하여 좋은 습관을 강화한다.

11. 휴식 시간 포함

장시간 산책을 할 경우, 반려견이 충분히 휴식할 수 있는 시간을 포함시킨다. 특히 더운 날씨에는 반려견이 열사병에 걸리지 않도록 주의하며, 물을 충분히 마실 수 있도록 한다.

12. 산책 후 평가

산책을 마친 후에는 반려견의 행동과 반응을 평가하여, 어떤 부분이 잘 되었고 어떤 부분이 개선이 필요한지 확인한다. 필요한 경우, 다음 산책에서 특정 상황이나 명령어에 더 집중하여 훈련을 한다.

13. 전문가의 조언 구하기

특정한 문제 행동이나 훈련에 어려움을 겪고 있다면, 전문가의 도움을 받는 것도 좋은 방법이다. 동물 행동 전문가나 전문 훈련사는 반려견의 특정 문제에 대한 맞춤형 조언과 해결책을 제공할 수 있다.

실전 산책 훈련을 통해 반려견과의 산책 시간은 단순한 산책을 넘어서 서로의 유대를 강화하고, 반려견의 신체적, 정신적 건강을 증진시키는 중요한 시간이 될 수 있다. 반려견과 함께하는 산책은 매일의 소중한 경험이 되어, 반려견이 더욱 행복하고 건강한 삶을 누릴 수 있도록 도와준다.